… Drei Kilometer

Bibliografische Information der Deutschen Nationalbibliothek

Die Deutsche Nationalbibliothek verzeichnet diese Publikation in der
Deutschen Nationalbibliografie; detaillierte bibliografische Daten sind
im Internet über http://dnb.dnb.de abrufbar.

© 2019 Jung und Jung, Salzburg und Wien

3. Auflage
Alle Rechte, einschließlich der Vervielfältigung, Veröffentlichung,
Bearbeitung und Übersetzung, bleiben vorbehalten.
Umschlagbild: Undine Löhfelm
Umschlaggestaltung: BoutiqueBrutal.com
Druck und Bindung: GGP Media GmbH, Pößneck
ISBN 978-3-99027-236-7

NADINE SCHNEIDER

Drei Kilometer

Roman

JUNG
UND
JUNG

Für meine Eltern

I

Der Fahrtwind war der schönste Begleiter. Strich mir durchs Haar und kühlte meine Stirn. Und hielt wenigstens die Klappe. Hans redete ununterbrochen, die immergleiche Litanei. Dass es nun wirklich Zeit war abzuhauen, denn was gab es hier schon? Nichts als schlechte Freunde, die von einem auf den anderen Tag verschwanden, und noch schlechteren Schnaps, der sich seit Jahren in unsere Eingeweide fraß und Nester für die Krankheiten baute, die wir im Alter haben würden.

Ich hörte nicht weiter hin. Die Felder rauschten an mir vorbei. Die Silhouetten freistehender Bäume blitzten auf und verschwanden wieder, als würden sie einen Geheimcode in die Nacht diktieren.

Ich hatte das Gefühl, dass noch etwas geschehen musste, bevor die Nacht vorüber war. Meine Fingerspitzen kribbelten vor Übermut. Ich ließ den Lenker los und griff in die warme Spätsommerluft. Schaute zu Misch, der im bleichen Mondlicht neben mir fuhr. Er musste sturzbetrunken sein, doch ich bemerkte kein Schwanken in seinem Blick oder seinen Bewegungen.

Zumindest für eines war ich dem Schnaps dankbar: Er machte meinen Kopf für wenige Stunden etwas klarer, flocht meine Verwirrung auseinander. Wenn man in einer Lüge lebte, musste man sich der Wahrheit wenigstens ab und zu einmal stellen. Wie sollte man sonst noch ein überzeugender Schwindler sein?

Bei Hans schien der Schnaps diese Wirkung nicht zu haben. Was er gerade von sich gab, war genauso wirr und ziellos wie sonst auch. Und wie immer bemerkte er nicht, dass ihm keiner richtig zuhörte. Am liebsten unterhielt er sich selbst, lobte seinen eigenen Scharfsinn und schenkte seinen

Worten ein zustimmendes Nicken. Es war einfach nur Glück, dass ihn keiner ernst nahm. Andere hätte dieses Gerede schon längst Kopf und Kragen gekostet.

Dabei war Hans kein schlechter Mensch. Es gab Leute mit schlimmeren Eigenschaften als der, sich selbst viel zu wichtig zu nehmen. Wäre er ein schlechter Mensch gewesen, hätte ich ihn vielleicht hassen können. Doch ich konnte ihn nur einfach nicht lieben.

Ich stellte mir vor, Hans wäre noch auf der Kirchweih geblieben und Misch und ich wären allein. Würden anhalten, und ich könnte sein Gesicht in meine Hände nehmen. Es mitnehmen hinter meine Augen, wo es unberührt bleiben würde von den kleinen Katastrophen eines langweiligen Lebens. Nur in Gedanken bleiben die Dinge schön.

»Es gibt nicht mal mehr Butter!« Hans sprach laut, seine Stimme übertönte das Knirschen der Räder auf dem Schotter. »Wo sind denn die ganzen Sachen aus dem Fernsehen? Davon könnte man drei Dörfer sattkriegen. Und was ist, wenn es stimmt? Wenn er wirklich alles plattwalzen lässt? Es sind nur drei Kilometer! Drei Kilometer bis zur Freiheit. Warum machen wir es nicht heute Nacht?«

Weder Misch noch ich gaben ihm Antwort, es wäre sinnlos gewesen. Hans hörte nicht zu. Misch hätte schon hundertmal abhauen können, er hatte einen Plan, den Willen und die Kraft. Er blieb unseretwegen, auch wenn er es nicht zugeben wollte. Er wartete darauf, dass Hans seine Drohungen wahrmachte und ich ihm folgte.

Aber ich wollte nicht weg. Ich wollte mir nichts anderes vorstellen außer heißen Augusttagen und Wintern, in denen sich die Kälte fest gegen die Fenster drückte. Nichts außer dem Frühling, wenn die alten Frauen ihre Bänke vor den

Häusern bezogen und ich das kratzige Singen ihrer Stimmen hörte, die nichts erzählten, was mich interessierte. In einem Tonfall, der immer klang wie eine Tür, die sich für jemanden öffnete, der sehr lange fort gewesen war.

An trägen Nachmittagen hatte mich das Erzählen der Alten oft gewiegt, während durch das Fenster weiches Licht fiel und die Möbel bedeckte wie Blütenstaub. Was sollte denn werden mit meiner Mutter und meinem Vater, deren Rücken gekrümmt waren vom vielen Bücken? Wie tief würde sie mein Fortgehen beugen? Und die Hunde? Würden sie sich nicht heiser bellen, wenn ich nicht Tag für Tag durch das quietschende Tor trat? Wie sollten ausgerechnet sie verstehen, warum ich weg war?

»Pass auf!« Misch griff nach meinem Arm, und ich legte die Hände schnell zurück auf den Lenker, bevor ich das Gleichgewicht verlor.

»Sie ist betrunken!« Hans lachte und trat in die Pedale, bis er mit mir auf gleicher Höhe war.

Ich schaute geradeaus. »Ich brauch eine Pause«, sagte ich. Bis nach Hause war es nicht mehr weit, doch ich war aufgewühlt und würde ohnehin nicht schlafen können.

Am Maisfeld hielt ich an. Ein Baum fasste mit dünnen Zweigen nach dem Himmel. Wir stellten unsere Räder ab, und Hans ging einige Schritte ins Feld, um zu pinkeln. Misch und ich setzten uns unter den Baum. Meine Hände waren warm geworden während der Fahrt, ich grub die Finger in die kühle Erde.

»Weißt du schon, wann du gehst?«, fragte ich.

»Nein, noch nicht. Es ist alles geplant, aber entschließen kann ich mich trotzdem nicht.«

Wir redeten über nichts anderes mehr. Nichts sonst beschäftigte uns, als so lange zu laufen, bis das Gefühl der Erleichterung unsere Kehlen zu einem Lachen weiten würde. Unsere Kehlen waren eng geworden, seitdem wir zu bestimmten Menschen nur noch Bestimmtes sagen durften.

Dass Misch uns eingeweiht hatte, war ungewöhnlich. Die meisten verschwanden einfach. Katharina, Josef, Paul. Sie waren Namen geworden, die mich verfolgten. Die mich an jeder Ecke stellen konnten, um mich daran zu erinnern, dass Freunde von mir vielleicht tot waren, vielleicht im Gefängnis oder vielleicht am Leben und glücklicher als ich. Ich hatte keine Ahnung von Deutschland, wo sie alle hinwollten. Wenn ich »Deutschland« hörte, dachte ich an endlose Reihen von Häusern in gepflasterten Straßen, unter denen jedes Grün begraben war. Es gab Fotos, die meine Tante uns geschickt hatte. Die Tante, die vor Freude geweint hatte, als sie nach sieben Jahren einen blauen Brief erhielt und endlich mit dem Warten aufhören konnte, das bei ihr fast schon zu einer Charaktereigenschaft geworden war. Auf einem Bild standen sie und meine Cousinen vor einer Haustür, die unserer nicht unähnlich war. Aber zu dieser Tür stellte ich mir ein Gebäude vor, das in schwindelnde Höhen wuchs. Vor dem Himmel türmten sich Mauern, hinter denen Menschen wohnten und versuchten, ihre Heimat zu vergessen. Meine Cousine durfte nur eine ihrer Puppen mitnehmen, als sie gingen. Ich erinnerte mich an ihre Tränen. »Wir sehen uns bald wieder«, hatte ich gesagt, doch ich hatte sie zwei Jahre nicht gesehen, und auf dem Foto war sie mir fremd. Ihr Blick erzählte von der Einsamkeit verregneter Nachmittage, wenn draußen vor dem Fenster fremde Kinder spielen.

Hans' Bruder war nach Amerika gegangen. Obwohl Hans Briefe von ihm bekam, sprach er nie über ihn. Es war, als hätten sie seinen Bruder tatsächlich in einer Nacht an der Grenze zu Tode geprügelt, wie alle befürchtet hatten.

Im Baum über unseren Köpfen raschelte es. Misch sah mich an, ich schlang die Arme um die Knie.

»Denk nicht so viel nach, es wird schon gut gehen. Es ist nicht so gefährlich, wie alle denken. Man muss es nur richtig planen.«

Misch war ein schlechter Lügner. Mit ihm wäre ich überall hingegangen, doch noch lieber wäre ich mit ihm dageblieben und im Sommer mit unseren klapprigen Rädern über die Dörfer gefahren.

In der Ferne krähte ein erster Hahn. Ich hob den Kopf. »Wo bleibt eigentlich Hans?«

Die Nacht schien auf einmal dunkler geworden zu sein, als ich versuchte, im Maisfeld etwas zu erkennen. Misch und ich standen auf. Wir trauten uns nicht zu rufen, wir liefen einfach los. Durch das Rascheln der Maispflanzen hörte ich Mischs Atem. Ich fürchtete, jeden Moment kalte Signaldrähte an den Schienbeinen zu spüren. Vielleicht hatten sie einen ihrer Hunde losgelassen, dessen gieriges Hecheln uns bereits folgte.

Drei Kilometer waren nicht weit, und wir hatten nicht darauf geachtet, wie lange Hans weg war. Durchs Maisfeld flohen viele, aber kaum einer war so dumm und lief betrunken in die Dunkelheit. Er würde es nicht schaffen, das wusste ich. Ohne es wirklich zu wollen, schaffte man es nicht. Unentschlossenheit war wie eine Leuchtrakete.

Mischs Finger schlossen sich um mein Handgelenk. Ich hörte das Lachen einer vertrauten Stimme. »Es lebe die Sozialistische Republik Rumänien! Es lebe die Rumänische Kommunistische Partei!« Immer und immer wieder rief

Hans es in die Nacht, in die Stille, die nach den Dorffesten über den Straßen lag. Mit wenigen Schritten war ich bei ihm und drückte ihm die Hand auf den Mund. Lautlos bebte seine Brust. Hans weinte, und auch ich weinte stumm, weil ihm nichts passiert war.

***

Ioana versaute den Vinetesalat. Sie fuchtelte beim Reden mit dem Holzmesser herum, dann schnitt sie ungeduldig in die weichen Auberginen. Ich konnte sehen, wie Schalenstücke in der Schüssel mit dem Fruchtfleisch landeten. Meine Großmutter sah es ebenfalls und sagte nichts.

Durch die Blätter der Weinlaube fiel Licht. Wenn der Wind in die Reben über unseren Köpfen fuhr, wechselten die Blumen auf der Plastiktischdecke ihre Farbe im Spiel von Sonne und Schatten. Ich kauerte in einem Gartenstuhl, die Augen halb offen, und wartete auf die nächste Brise. Schweißperlen standen auf meiner Nase.

»Der Hans steht vor dem Tor.« Meine Mutter trat an den Tisch, warf einen Blick in die Auberginenschüssel und dann auf Ioana.

»Schick ihn weg.« Ich war heiser, beim Sprechen wurde mir schlecht.

Meine Mutter wischte sich die Hände an der fleckigen Schürze. »Anna. Er war heute schon dreimal da.«

»Ich weiß. Schick ihn bitte weg.«

Ich ignorierte Ioana, die mich anstarrte. Keine von ihnen

fragte nach. Vielleicht hatten sie Angst um uns, und die Angst machte sie milde.

Für heute war es mir egal, für heute war mir Hans egal. Er konnte sich noch zehnmal vor unser Tor stellen, wenn er wollte, es war Sonntag, und sonntags konnte ich mich verstecken. Mich hinter ihren Blicken verstecken, und sie durften sich einbilden, ein Auge auf mich zu haben.

Ioana zuckte mit den Schultern und senkte den Kopf wieder über ihre Arbeit. Meine Großmutter schloss seufzend die Augen. Sie beschränkte sich aufs Zuhören in letzter Zeit, so als hätte sie ihre Worte aufgebraucht. Ab und zu sagte sie »Kind« und meinte damit mich und noch tausend andere Dinge. »Kind« hatte sie gesagt, als Hans das erste Mal vor dem Tor gestanden war, und ich hatte verstanden, was sie mir sagen wollte. Aber heute war Sonntag, und Hans sollte bleiben, wo er war.

Ich zog die Beine enger an den Körper. Das Klackern des Holzmessers und der ruhige Atem meiner Großmutter mischten sich in das Sirren der Fliegen, die um die Sickergrube im Hof flogen. Auch meine Großmutter versteckte sich im Sonntag, halb schlafend und die dicken Hände fest über dem Bauch verschränkt. Früher hatte sie noch gesummt, jetzt ließ sie auch das bleiben. Und sie war von der Holzbank unter dem Küchenfenster auf den Klappstuhl umgezogen, dort konnte man sich besser anlehnen.

Ioana hatte mit uns zu Mittag gegessen. Als Kind hatte ich gedacht, sie sei die Schwester meiner Mutter, denn ich sagte »Tante« zu ihr, und sie sahen einander ähnlich. Beide hatten schwarzes, dünnes Haar und eng zusammenstehende Augen. Das Haus rechts von Ioanas Haus war jetzt verlassen und auch die zwei Häuser, die unserem gegenüberlagen.

Ioana erzählte uns, sie müsse manchmal mitten in der Nacht aufstehen, weil sie glaube, das Tor nebenan gehört zu haben. Oder sie träume, sie schaue aus ihrem Fenster und eines der Häuser wäre erleuchtet. Nicht so, wie sie es kannte, sondern als hielte jemand die Sonne darin gefangen. Und wenn sie die Schatten sah, die das Haus auf die Straße warf, erkannte sie, dass Menschen in den Fenstern standen. Doch dann schaute sie auf das Haus zurück, und da war nur das Licht, das aus leeren Fenstern fiel. Der Traum machte ihr Angst.

»Ioana, die Schalen!« Jetzt hatte meine Mutter doch etwas gesagt. Sie und Ioana fingen an, die Schalenstücke aus dem grauen Fruchtfleisch zu fischen. Ioana schimpfte. Sie fluchte ausgiebig, begann mit dem versauten Salat und hörte mit allen Müttern und Göttern des großen Genies der Karpaten auf.

Meine Großmutter sah mich an und schüttelte den Kopf. Ich merkte, dass sie ein Lachen unterdrückte.

***

Die Straßenbahn brachte mich in die Stadt, das Versteckspiel war vorbei. In meiner Hand baumelte trostlos eine Mohnblume.

Hans hatte an den Gleisen gestanden, übernächtigt sah er aus, und anstatt etwas zu sagen, drückte er mir die Blume in die Hand, und ich konnte nichts anderes tun, als zu lächeln. Wenn Hans den Mund aufmachte, musste ich ihn manchmal hassen, doch heute war er so still, dass ich gezwungen war, seine Gedanken zu erraten. Ich riet absichtlich falsch. Andernfalls hätte ich seine Hand in der Straßenbahn nicht nehmen können, und ich bildete mir ein, dass er das brauchte, bevor er für Stunden in der Fabrik verschwand.

Wir gingen die grob verputzte Friedhofsmauer entlang, auf der Straße, von der aus man auf das Fabrikgelände abbog. Noch war es ruhig, nur hin und wieder störte ein Auto die morgendliche Stille.

Hans hätte auf die Universität gehen können. Bevor sein Bruder abgehauen war. Mit seinem Bruder gingen auch Hans' Wünsche, zumindest seine wirklichen. Nicht die, die sich in die Lücken der alten Wünsche zwängten, sodass jeder sehen konnte, dass sie dort nicht hingehörten. Hans hatte außer seinem Bruder keine Geschwister, und jetzt fütterte er auf dem Hof seiner Eltern die Schweine und fuhr den Mähdrescher und tat auch sonst alles, wofür ihm neben der Arbeit Zeit blieb. Das war nichts Schlimmes, Hans hatte das auch früher neben der Schule getan, und er tat es gerne. Das Problem war, dass er nicht in die Stadt fahren wollte, um den ganzen Tag Aluminiumplatten an eine Fräse zu verfüttern. Hans wollte in die Stadt fahren, um zu studieren, doch diesen Wunsch hatte sein Bruder mitgenommen.

Ohne ein Wort zu sagen, ohne einen Brief zu hinterlassen, war er einfach verschwunden. Trotzdem konnte man ihm nichts vorwerfen. Man konnte niemandem vorwerfen, dass er frei sein wollte. Und so war es mit allen, die fortgingen, sie waren nicht verantwortlich für die Leere, die nach ihrem Verschwinden die Häuser besetzte. Sie konnten nichts für das Gefühl gemachter Betten am Morgen, denn sie waren ja weg und hatten nicht die Absicht, etwas dazulassen.

Etwas, das ihren Platz einnahm und als stummer Gast in die Suppe starrte, die in einem überzähligen Teller kalt wurde.

»Bis später«, sagte Hans, als wir uns trennten, um zu den Umkleiden zu gehen.

Es war das erste Mal an diesem Morgen, dass er den Mund aufmachte. In manchen Momenten sah ich ihn mit völliger Klarheit. Dann wurde mir bewusst, dass sein Bruder ein Gespenst für ihn dagelassen hatte, das schwer an seinem Arm hing. Lieber Hans. Das Versteckspiel hatte mich weich gemacht. Meine Großmutter hatte »Kind« gesagt, und ich hatte besser hingehört, als ich wollte.

Mittags trafen wir meine Mutter in der Markthalle, wo sie an einem kleinen Stand Gemüse verkaufte. Die Sonne brannte auf das Wellblechdach der Halle, die Luft war stickig. Verborgen hinter den Kisten mit Tomaten und Auberginen saß meine Großmutter. Hans ging zu ihr und griff nach ihrer Hand. Er sagte etwas, und meine Großmutter lachte auf. Ich konnte die wenigen Zähne ihres Unterkiefers sehen. Ihre Stimme knarrte so herrlich, so unerwartet, dass ich plötzlich nicht mehr sicher war, ob sie wirklich angefangen hatte zuzuhören oder vielleicht nur aufgehört hatte zu reden.

»Und, streitet ihr euch noch?«, fragte mich meine Mutter.

»Wir haben uns nicht gestritten, Mama.«

Sie schüttelte den Kopf und fing an zu erzählen. Dass der und der da gewesen sei und das und das gesagt habe. Ich nickte und sah meine Großmutter an. Sie lachte wie ein Kind, und Hans hielt ihre Hand.

Als wir nach Feierabend die Fabrik verließen, kamen Hans die Worte, die er den Tag über zurückgehalten haben musste. Ich fragte mich, was meine Großmutter am Mittag so hatte lachen lassen. Ihr hatte er bestimmt nicht erzählt, dass der kleine, haarige Vorarbeiter ständig in seinem Büro verschwand, wahrscheinlich, um seinen Bericht für die Securitate zu schreiben.

An der Straßenbahnhaltestelle stand Misch, er wartete auf uns. Hans strahlte, als er ihn sah, offenbar hatten sie sich ausgesprochen. Oder auch nicht. Misch war mit Hans schon immer nachsichtig gewesen. Als sie Kinder gewesen waren, hatte Hans den Küken am Hof von Mischs Eltern einmal Schnaps zu trinken gegeben. Am Anfang lachten sie noch über die Federkugeln, wie sie durchs Heu stolperten und ständig umfielen, doch irgendwann waren die Küken nicht mehr aufgestanden.

Misch hing sehr an den Tieren. Seine Eltern hatten versucht, ihn schon früh an das Schlachten zu gewöhnen. Doch er hatte geschrien wie am Spieß, lauter noch als die Schweine, deren Blut Schwall um Schwall den Trog füllte, und da hatte er nicht mehr zusehen müssen. Misch ging auch später noch ins Haus, wenn geschlachtet wurde, und wenn er zurückkam, war er blass.

Das mit den Küken war Hans' Idee gewesen, er versprach, dass nichts Schlimmes passieren würde. Misch hätte jeden anderen verprügelt und nie wieder ein Wort mit ihm gesprochen. Doch damals, als die Küken wie Stofftiere im Heu lagen, ging er einfach aus dem Stall in die Wohnküche und bat seine Mutter, Hans nach Hause zu schicken.

Am nächsten Tag hämmerte es im Hof. Mischs Mutter sah, wie Hans ein Schild an den Verschlag mit den Hühnern nagelte: *Bitte niemals mit Schnaps füttern.* Danach sprachen sie nicht mehr darüber, und so war es zwischen den beiden irgendwie immer.

In der Straßenbahn redeten sie über Hans' Geburtstag. Darüber, was sie alles brauchen würden und was sie mit wem tauschen müssten, um an Bier zu kommen.

»Ich war heute auf dem Markt.« Misch sah mich an, und ich dachte an den Heimweg von der Kirchweih. Der verdammte Schnaps. Noch immer tat mir der Kopf davon weh.

»Ich war später dort als ihr, ich hab euch verpasst«, fuhr er fort. »Pass bloß auf, ich glaube, deine Großmutter ist in Hans verliebt.«

Die beiden lachten so laut, dass die Leute in der Straßenbahn sich zu ihnen umdrehten. Mir fiel ein, dass ich die Mohnblume in der Arbeit hatte liegen lassen.

***

Die Zeit der besetzten Bänke ging langsam zu Ende. Vor den Häusern war es leer und still, die Leute saßen in den Küchen. Dampfende Brühe und feuchte Gesichter, die vorsichtig in die Löffel pusteten.

Ich konnte Hans' Mutter durch eines der Fenster des gedrungenen Hauses bereits von der Straße aus sehen. Sie war eine geschäftige Frau, die immer in Bewegung war. Doch an diesem Abend stand sie reglos da, mit dem Rücken zum Fenster, und starrte auf einen Punkt im Zimmer, der unseren Augen verborgen war. Ich schaute Hans an, er schien nichts bemerkt zu haben. Oder er kannte das schon und hatte sich daran gewöhnt, dass es Gedanken gab, die seine Mutter manchmal festhielten.

Hans schob das Tor auf und ging mit langen Schritten über den Hof. Seine Mutter hatte uns gehört und erschien in der Tür, ihre Mundwinkel hoben sich zu einem Lächeln. »Setzt euch«, sagte sie und verschwand wieder im Haus, um kurz darauf mit zwei randvollen Gläsern Milch zurückzukommen. Wir setzten uns auf die Bank, ich nippte an der fettigen Milch und hörte dem Gespräch der beiden zu, das immer gleich abzulaufen schien. Sie fragte ihn nach seiner Arbeit, und er sagte, alles sei wie immer gewesen. Dann schwiegen sie, bis seine Mutter die Hände zusammenschlug und unter einem Vorwand ins Haus zurückging.

Als wir in der Küche Geschirr klappern hörten, griff Hans nach meinem Glas und trank es in schnellen Zügen aus. »Danke«, sagte ich, und er lachte über meinen schuldbewussten Blick. Er wischte sich über den Mund und stand auf. »Komm mal mit, wir haben ein neues Lamm.« Erstaunt sah ich, wie er in Richtung Stall ging und mich hinter sich herwinkte. Er wusste, dass mich das Lamm nicht interessierte. Was er da tat, war ein fast vergessenes Spiel, das wir früher oft gespielt hatten, um seiner Mutter zu entwischen. »Komm, ich zeig dir die Küken.« Und dann standen wir in einer dunklen Ecke des Stalls, Stroh kratze an meinem Rücken, und Hans' Hände zitterten unter mein Kleid. Es kam mir vor, als wäre es ein halbes Leben her, dass diese Dinge eine solche Aufregung für uns bedeutet hatten. Vom ersten Moment an, als Hans und ich zusammen waren, schien sich die Zeit beschleunigt zu haben. Und auf einmal liebten wir wie Greise. Schweigend und mit müder Nachsicht.

Ich kam mir albern vor, aber ich folgte Hans in den hinteren Teil des Hofes. Wir gingen durch die Holztür des kleinen Stalls, in dem die Schafe nachts untergebracht waren.

Der Tiergeruch war dicht, ich atmete schwerer. Verschlafene Körper bewegten sich im Heu, und ein Schnaufen drang durch das Dämmerlicht. Eine Leiter führte zum Strohlager. Hans nahm die Sprossen nach oben, ich stieg nach ihm hinauf. Zwischen den Strohballen stand die Hitze des Tages, es war beinahe schon dunkel. Ich kniff die Augen zusammen und sah, wie Hans begann, Nägel aus der Holzwand zu ziehen. Schließlich löste er ein langes Brett und warf es ins Stroh. Dahinter holte er zwei Rucksäcke hervor. »Wir fahren nach Cruceni am Sonntag«, sagte er.

Ich schaute auf die Rucksäcke und dann auf Hans. »Was?«

»Nach Cruceni.« Hans nickte energisch. »Wir nehmen den Zug. Wir sagen, dass wir einen Verwandten besuchen. In den Rucksäcken ist alles, was wir brauchen.« Er machte eine kurze Pause und sagte dann schneller: »Meine Mutter hat einen Cousin in Cruceni. Sein Sohn ist von dort abgehauen, es soll sicher sein. Viel sicherer als von hier aus, und auch weniger gut bewacht.«

»Spinnst du?« Ich schüttelte den Kopf.

Hans starrte mich an. »Wie lang sollen wir denn noch warten?« Er warf die Rucksäcke zu Boden und verschränkte die Arme. »Wenn der Mais weg ist, brauchen wir es auch nicht mehr machen.«

Ich ballte die Hände zu Fäusten und versuchte, ruhig zu bleiben. »Hans«, sagte ich, »in Deutschland wirst du auch nicht studieren können.«

Unter uns jammerte das Lamm, ich beneidete es um seine Sprache. Eine Weile blieb es still, bis auf die knackenden Holzbalken über uns und das Schnaufen der Tiere. Schweiß lief mir den Nacken hinunter.

»Es tut mir leid«, sagte ich erschöpft.

»Vergiss es.« Hans klang so müde, wie ich es war. Wortlos packte er die Rucksäcke in ihr Versteck zurück und drehte die Nägel wieder ins Holz.

Als ich zu Hause in den Hof trat, kam einer der Hunde, um mich zu begrüßen. Er war der einzige, den wir nicht an der Kette hielten. Die anderen beiden Hunde waren mir gegenüber gleichgültig oder feindselig. Sie blieben an ihren Plätzen, gaben vor zu schlafen und hatten doch ihre Augen und Ohren überall. Der Hund, der auf mich zukam, war schwarz, alles an ihm war so tiefdunkel, dass er die rote Zunge wie eine Wunde im Gesicht trug. Wir hatten eine Geschichte, der schwarze Hund und ich, er hatte mich einmal angegriffen, als ich ein Kind war. Ich hatte mich damals nach einem Stück Brot gebückt, das mir vom Tisch gefallen war, und er schnellte auf mich zu, packte meine Hand und ließ sie nicht mehr los. Ich muss geschrien haben, als er mich vom Stuhl auf den Boden zerrte. Mein Vater vergrub die Finger im Nacken des Hundes und schlug ihn mit einem Besen. Irgendwann ließ der Hund los, tagelang noch war das Fell um sein Maul herum mit Blut verklebt.

Mein Vater tötete ihn nicht, weil er noch jung und unerzogen war. Und weil ich ihn darum bat, es nicht zu tun. Ich weiß nicht, ob das für den Hund nicht ein Fluch war, denn seitdem er mich gebissen hatte, schien er sich jeden Tag aufs Neue an diese Schuld zu erinnern. Was passiert war, hatte er vielleicht schon vergessen. Es schien vielmehr ein Gefühl zu sein, das er mit meinem Anblick verband und das ihn zu einer unterwürfigen Reue zwang, zu einer hilflosen, ängstlichen Zärtlichkeit. Obwohl ich ihm nie etwas getan hatte, zuckte er zurück, wenn ich die Hand hob. Und wenn ich sein

Fell berührte, spürte ich, wie ihn ein Zittern schüttelte, und er leckte mir die Hände so gründlich, als wären sie voller Zucker. Einmal fragte ich meine Großmutter, warum der schwarze Hund solche Angst vor mir habe. Und sie antwortete mir, es sei keine Angst, sondern Liebe.

Jedes Mal, wenn ich die gezackte Narbe auf meinem Handrücken betrachtete, dachte ich an den Maitag mit dem vielen Blut auf meinem Kleid. Bis zur Haustür begleitete mich der Hund, dann blieb er an der Türschwelle stehen, und ich spürte seinen Blick im Nacken.

Drinnen roch es nach Ciorbă. Schon an der Haltung meiner Mutter konnte ich sehen, dass irgendetwas passiert war. Am liebsten hätte ich nicht nachgefragt, bestimmt war wieder Post gekommen. Post von meiner Tante, die darin geübt war, uns zwischen den Zeilen lesen zu lassen. Mit jedem ihrer Briefe bat sie uns darum, etwas zu tun, um ihr Warten zu beenden. Ihr neues Warten. Es hatte das auf den blauen Brief abgelöst und fand kein Ende, weil das Geld, das sie uns schicken wollte, für eine Bestechung nicht gereicht hätte. Und weil Großmutter zu alt war für einen Abschied, dessen Umarmung so groß und fest gewesen wäre, dass man darin zu ersticken drohte. Niemand von uns hätte sie gebeten, sich aus ihrem Klappstuhl zu erheben für ein Leben, das sie nicht mehr brauchte. Meine Großmutter hatte keine Verwendung für einen Neuanfang. Manchmal beneidete ich sie darum, dass sie Möglichkeiten verschenken konnte wie Papiergeld.

Wegen der Post war es still beim Essen. Ob meine Tante ahnte, dass ihre Briefe uns ganze Abende verdarben? Wahrscheinlich nicht. Aus den Tellern dampfte es, und durch das Fenster kam kühl der Abendwind. Ich hörte meinen Eltern und meiner Großmutter beim Schlürfen zu, beim Klappern und Schlucken. Im Bart meines Vaters hingen Suppentropfen, und meine Großmutter wischte sich mit einem fleckigen Taschentuch ständig den Mund. Ich fragte mich, warum uns das nicht reichte. Warum es uns nicht reichte, dass wir alle hier waren und an manchen Abenden eine gute Suppe aßen. Warum ein kurzer Brief imstande war, uns jemanden mit an den Tisch zu setzen, der uns ansah, als würden wir etwas ganz und gar falsch machen.

***

Mein Vater war zu Hause diesen Sonntag. Er war nicht oft da, meistens half er auf benachbarten Höfen aus oder reparierte dort etwas. Er war handwerklich nur ein wenig geschickter als die meisten und konnte nicht Nein sagen, wenn ihn jemand um einen Gefallen bat.

Jetzt schnitt er meiner Großmutter die Fingernägel. Sie saßen dicht beieinander auf der Bank. Er klagte darüber, wie schwer sie ihre Hand hängen ließ, und sie sah ihn belustigt an. Er war der einzige, der ihr dabei helfen durfte, sie behauptete, meine Mutter würde die Nägel schief schneiden. In dieser Sache schien sie eine merkwürdige Eitelkeit entwickelt zu haben, niemals durften ihre Fingernägel kantig oder rissig sein. Sie schimpfte, wenn sie mit ihnen im Stoff ihrer Kleider hängen blieb.

In der Nacht hatte es geregnet, und in der Mittagssonne stieg dampfende Feuchtigkeit vom Boden auf. Auf dem Tisch rauschte das Radio, ich drehte an seinem Knopf, der unter der Berührung vieler Finger bereits grau geworden war. Wenn zwischendurch geredet wurde, sah ich, wie sich die Augenbrauen meines Vaters zu einer einzigen zusammenzogen. Dann suchte ich schnell einen anderen Sender.

Ein schwerer, süßer Duft hing im Hof. Meine Mutter kochte Marmelade, die sie Hans zum Geburtstag schenken wollte. In dem Zucker, den wir nur zu seltenen Gelegenheiten nutzten, köchelten seit Stunden Zwetschgen vor sich hin. Der Geruch lockte Wespen an, die gegen ein Tuch flogen, das meine Mutter vor das Küchenfenster gespannt hatte. Manchmal hob ein Lufthauch den Stoff, dann schlüpfte eine der Wespen in die Küche. Früher hatte meine Mutter häufiger Marmelade gekocht, und danach hatte ich mir immer die Wespen angesehen, die sie erschlagen hatte. Zusammengekrümmt lagen sie da, die Fühler über den Kopf gebetet wie gekämmtes Haar. Manche bewegten sich noch, zuckten mit dem Hinterleib oder streckten die Flügel, als wollten sie noch einmal fliegen. Kraftlos sah es aus, mühevoll. Es wäre eine Erlösung für die zuckenden Wespen gewesen, hätte ich sie zerdrückt, doch ich tat es nie. Obwohl ich mich fürchtete vor diesem Halbtod, der sich geräuschlos manchmal über viele Stunden hinzog. Ich konnte zusehen, wie mein Vater schreiende Lämmer tötete, ich brachte es fertig, ein Huhn zu packen und ihm den Hals umzudrehen, aber die Wespen endgültig töten konnte ich nicht. Wenn meine Mutter sie dann zusammenfegte, fragte ich mich, wie lange manche von ihnen noch zuckten, bis auch die letzte ihren Tod nahm wie ein Geschenk.

Das Tor knarrte. »Schau, wer da ist«, sagte mein Vater. Er legte Großmutters Hand sachte in ihren Schoß und stand auf. Hans war gekommen, er hatte einen Korb dabei und eine Decke unter dem Arm. Er hob den Kopf, und ich wusste, dass er die Marmelade roch, die ihm meine Mutter in Gläsern mit Stoffschleifen schenken würde. Doch er tat so, als würde er nichts bemerken. Er drehte sich zu mir und deutete auf den Korb. »Komm, wir fahren an die Temesch.«

An der Kreuzung wartete Misch auf uns. Er stand in der Mittagshitze, das Hemd weit aufgeknöpft, und Schweiß rann ihm die Schläfen hinab. Er warf einen Blick in den Korb. Er und Hans diskutierten, ob wir später ein Feuer machen und Speck braten sollten. Misch meinte, das sei pure Verschwendung, wir sollten es bleiben lassen, aber Hans bestand darauf. Misch schüttelte unwillig den Kopf und sah mich fragend an. Ich zuckte die Schultern. »Morgen ist sein Geburtstag«, sagte ich. Hans grinste, als Misch seufzend auf sein Rad stieg. Wir fuhren los, aus dem Dorf hinaus.

Solche Tage erinnerten mich daran, dass noch eine Leichtigkeit in den Dingen steckte. Dass die Schwere sich nicht an alles gehängt hatte. Es war der letzte Platz, an dem man noch in die Temesch steigen konnte, und vielleicht der letzte Tag des Sommers, an dem wir es taten.

Ich sah Misch und Hans an, die im Gras lagen. Halb schlafend, kein einziges Wünschen mehr im Gesicht. Ein warmer Wind bewegte das Schilf, Insekten sirrten. Die Zweige der Trauerweide malten Formen ins Wasser. Und das war alles. Mehr passierte nicht an den Sonntagen im Sommer. Einfältig wie Kinder waren wir dann. Das, was uns erschütterte, geschah in den Nächten, wenn die Gedanken in große Räume traten, die sie nicht kannten. Es geschah in der Stadt, wenn wir sahen, wie der Kommunismus die Fassaden bemalte. Wenn am Fließband unsere Jugend an uns vorbeilief, so schnell, dass wir bald vergaßen, wie sie aussah.

Hans fragte mich oft, ob ich mir meine Zukunft so vorgestellt hatte. Tag um Tag mit ein und derselben Bewegung Spulen von einem Band zu nehmen. Sie zu prüfen, einen Pinsel in scharf riechenden Lack zu tauchen und vorsichtig über den Draht zu fahren. Man musste aufpassen, nicht zu viel Lack zu nehmen, zusehen, dass nichts danebentropfte und keine freien Stellen blieben. Ob ich mir meine Zukunft so vorgestellt hatte.

Ich hatte mir immer wenig vorgestellt. Ich war gerne zu Hause gewesen und hatte im Garten geholfen und auch auf dem Feld. Ich fütterte die Tiere, ich sah, wie sie heranwuchsen und wie sie sterben mussten. Ich kochte, was wir ernteten. Ich wischte im Frühling Winterruß von meinem Fenster. Neben der Schule half ich in einem Laden aus, bis es nichts mehr zu helfen gab, weil man keine Aushilfe braucht, nur um Schweinefüße an Haken zu hängen. Für die Schule mussten wir uns Zöpfe flechten und Uniformen tragen. Die Lehrer schlugen uns mit Linealen und zwickten uns mit schmutzigen Fingern. Man sagte mir, ich könne aufs Lyzeum gehen, und ich ging nicht. Meine Schule waren Baustellen, und ich strich Zement auf Steine, aus denen nie ein fertiges Haus wurde. Hans sagte mir, dass ich meine Chancen vertat, dass ich mehr konnte, als an einem Fließband zu stehen. Doch ich wäre mir dumm vorgekommen, meinen Eltern, die außer der Bibel kein einziges Buch besaßen, zu sagen, ich wolle in der Stadt aufs Lyzeum gehen.

Beim Lackieren hatte ich Zeit. Zeit zu denken. Stundenlang sah ich mehr, als ich mir sonst vorstellen konnte. Dann konnte ich mir auch vorstellen, nachts eine Tür hinter mir zu schließen und später mein Fahrrad vor dem Maisfeld abzulegen. Ich sah mich laufen, bis der Morgen kam und ein Dorf auftauchte, in dem alle eine andere Sprache sprachen. Ich konnte sehen, wie meine Mutter jedes Mal den Kopf hob, wenn das Tor quietschte. Herein kam nur immer derselbe Milizmann, der Fragen stellte, die er aus einem Bogen Papier gelernt hatte. Und meine Mutter müsste antworten: »Ich weiß nicht.« Denn wie sollte sie wissen, wie es in einem kleinen Raum in einem jugoslawischen Gefängnis war. Dort klopft man an Wände, und die Wochen türmen sich wie Steine vor dem vergitterten Fenster.

***

Die letzte Spule vor dem Feierabend schoss auf mich zu, doch ich legte sie unlackiert beiseite. Unter Stimmengewirr und Türenschlagen ging ich zur Umkleide. Es roch nach Schweiß und Metall. Rasch zog ich das steife Hemd und die Hose aus, um sie gegen Rock und Bluse zu tauschen. Ich nahm einen Spiegel aus dem Spind und zupfte mir einzelne Haarsträhnen aus dem strengen Zopf. Als ich nach draußen ging, kniff ich vor der Helligkeit die Augen zusammen. In der Fabrik war alles grau und gleich, sogar wir unterschieden uns davon nicht.

Wir würden Kuchen essen gehen. Ein teures Vergnügen, doch es war Hans' Geburtstag. Ich war dabei gewesen, als er letzte Woche in die Konditorei gegangen war. Mit fünf Eiern von seinen Eltern und einer Packung *Kent* hatte er der Konditorin das Versprechen abgerungen, dass am Montag wenigstens ein Stück Kuchen in der Auslage sein würde, das wir uns teilen konnten. Ich befürchtete, sie könnte ihr Versprechen vergessen haben. Früher, als ihr Schaufenster noch mit buntem Gebäck gefüllt gewesen war, hatte sie immer wie verrückt gezetert, wenn wir Kinder unsere Hände an das Glas legten. Sie hatte ihre Torten in geizig dünne Stücke geschnitten und dennoch den vollen Preis verlangt. Meine Großmutter nannte sie jedes Mal eine Hexe, wenn wir den Laden verließen, doch zu Hause hing ihr dann die Puddingcreme in den Mundwinkeln, und sie schmatzte selig. Als Kind hatte ich nicht verstanden, wie die Konditorin es fertigbrachte, eine Torte zu backen, die aussah wie ein Schloss. Um kleine Säulen rankten sich Rosen aus Zuckerguss, filigran und bis ins letzte Detail perfekt. Meine Großmutter behauptete, die Hexe habe Zwerge, die mit geschickten Fingern die Rosenranken um die Säulen flochten. Meine Mutter sagte darauf jedes Mal, sie solle nicht solchen Blödsinn erzählen. Dann zwinkerte meine Großmutter mir zu, und wir teilten uns das letzte Stück Cremeschnitte.

Wir trafen Misch am Opernplatz. Er rieb an seinen Händen herum, die nie richtig sauber wurden. Die Fingernägel waren schwarz gerändert, und das Öl aus der Autowerkstatt machte die Furchen und Rillen der Haut sichtbar.

»Glaubst du, die lässt mich mit solchen Händen in ihren Laden?«

»Hans hat ihr ja genug bezahlt dafür.« Ich fühlte mich unwohl bei dem Gedanken, wie wir drei, vermutlich ganz allein, in der Konditorei sitzen und unter dem stechenden Blick der seltsamen Frau ein Stück Kuchen essen würden.

»Anna hat immer noch Angst vor der Hexe«, sagte Hans.

»Ach, komm ...« Misch legte mir einen Arm um die Schulter.

Als wir letzte Nacht von der Temesch nach Hause gefahren waren, hatte ich gedacht, alles wäre von selbst wieder an seinem Platz. Dass die anderen Nächte wie ein leichtes Erdbeben gewesen waren, eines, das nur die Möbel kaum merklich verrückt, doch nichts geht zu Bruch oder stürzt ein, und man erinnert sich schon bald nicht mehr daran.

Wir hatten um das Feuer gesessen und zugesehen, wie der Speck Blasen warf und die Flammen sich im glänzenden Fett spiegelten. Wir sprachen nur über Belangloses, ich hatte beinahe vergessen, wie das war. Misch erzählte von dem Mann bei seiner Arbeit, der ständig Witze über Ceaușescu machte. Alle lachten sich kaputt, doch nicht über die Witze, sondern darüber, wie er beim Erzählen die Schultern einzog und sich ängstlich umsah. Hans war schon ein wenig betrunken gewesen, als wir um Mitternacht auf seine Gesundheit anstießen. Er sagte: »Auf die Freiheit.« Er wusste wohl selbst nicht, was er damit meinte. Es war das einzige Mal an diesem Abend, dass ich das unruhige Zucken seiner Mundwinkel bemerkte.

Wir blieben sitzen, bis das Feuer fast erloschen war. Die Temesch war ein schwarzer, leiser Strom in der Dunkelheit, und kleine Wellen schwappten an ihr Ufer. Die Nacht war friedlich, und wir schliefen ruhig zum Schaukeln ereignisloser Träume.

Unter dem Klingeln der Türglocke betraten wir die Konditorei. Meine Augen gewöhnten sich nur langsam an das dämmrige Licht. Vor den holzvertäfelten Wänden hoben sich die moosgrünen Samtpolster der Stühle und Sitzbänke ab. Es gab eine Vitrine, in der früher die Torten ausgestellt gewesen waren. Sie war leer, doch ich sah keinen einzigen Fleck auf ihrem Glas, keinen Staub. Es war so, als würde sie noch heute befüllt werden.

Ich war mir sicher, die Hexe würde sich ahnungslos stellen und so tun, als hätte sie uns noch nie gesehen. Plötzlich waren Schritte zu hören, die Konditorin trat aus einer Tür hinter der Kuchentheke. Wie dunkle Weintrauben waren ihre Augen, keine Pupillen, nur Schwarz, ohne Ausdruck. Sie trug eine makellose Schürze und eine komplizierte Frisur mit einigen grauen Strähnen darin.

»Sie haben Kuchen bestellt?«

Wir waren so überrascht, dass wir einige Sekunden schwiegen, bevor Hans ihre Frage bejahte. Sie nickte in Richtung Tür. »Sie können sich nach draußen setzen. Ich bringe alles.«

Verstört rückten wir vor der Konditorei die Stühle zurecht. Erst jetzt bemerkte ich, dass die vier kleinen Tische weiß eingedeckt waren und dass auf den Stühlen Sitzkissen lagen.

»Vielleicht kommt ja noch eine Delegation aus Bukarest«, sagte Misch.

»Oder es ist ein Trick, und sie will uns einfach nur vergiften.« Hans setzte sich so vorsichtig auf einen der Stühle, als wäre er aus Glas.

Wenig später kam die Konditorin mit einem Tablett nach draußen. Darauf standen drei Teller mit je einem Stück Eclair. Und eine Kanne Kaffee.

»Wir haben keinen Kaffee bestellt«, sagte Hans. Er klang verzweifelt.

»Sie möchten ihn nicht?« Ihre Weintraubenaugen ruhten auf ihm. Mit einem Blick, als hätte er auf eine ihrer Tischdecken gekleckert. Er stotterte irgendetwas, was selbst ich nicht verstand, und ich verkniff mir ein Lachen. Die Konditorin balancierte das Tablett mit dem dampfenden Kaffee immer noch über unseren Köpfen.

»Also?« Sie hob die Augenbrauen.

»Ja, doch, danke«, sagte Hans schnell.

»Ich habe nicht so viel Zucker, Sie müssen ihn ohne trinken. Guten Appetit.«

Sie stellte den Kaffee in die Mitte des Tisches und ging.

Wir starrten auf die sorgfältig glasierten Kuchen und rührten uns nicht.

»Es muss an deinem Charme liegen«, sagte Misch zu Hans und fing unsicher an zu lachen.

Vorsichtig griffen wir nach den Gabeln. Ich erwartete immer noch, dass im Kuchen Salz sein würde, doch das Eclair schmeckte so, wie ich es in Erinnerung hatte. Aus seiner Ummantelung quoll eine süße, kernige Himbeerfüllung. Wir schwiegen und aßen langsam, mit kleinen Bissen. Der Kaffee war bitter, aber wir tranken ihn bis auf den letzten Schluck. Dann räumten wir hilflos das Geschirr zusammen und trugen es hinein. Niemand war hinter der Theke. Wir warteten eine Weile und riefen schließlich, dass wir gehen müssten. Es kam keine Antwort.

Ich verstand nicht, warum die Konditorin für uns diesen Aufwand betrieben hatte. Das, was Hans ihr gegeben hatte, hätte gereicht für ein Stück Kuchen, das wir uns teilen hätten können. Mehr erwarteten wir auch nicht. Als wir zur Straßenbahn gingen, schlug mein Herz schneller vom Kaffee. Die Anspannung löste sich, und wir lachten wie Kinder, denen ein Streich gelungen war.

Für einige Momente öffnete die Stadt ihr graues Kleid,

und wir sahen, dass sich darunter der Spätsommer verbarg. Mit dem weichen Sonnenlicht, dem staubigen Himmel und den übersättigten Bäumen, denen man die Lust ansah, sich vom Grün zu entblättern. Es war so, wie wenn wir früher an den Händen unserer Mütter hier waren, und alles kam uns bunt und schnell vor. Unser Blick hängte sich sehnsüchtig an alles, bis wir voll von großen Bildern wieder in den Zug stiegen und in die Stille der breiten Straßen im Dorf zurückkehrten.

So war die Stadt heute. Nicht der Ort, wo wir arbeiteten und wo wir ernst und alt waren, weil wir es sein mussten. Mit dem Kuchen, dem Geruch von Kaffee und den weißen Tischdecken kam eine Erinnerung wieder, der wir gerne geglaubt hätten. Wir hätten gerne geglaubt, dass die Vitrine in der Konditorei wieder mit Torten gefüllt sein würde und dass man an den wenigen Tischen vor dem Laden keinen Platz mehr bekäme. Dass alle dort Kaffee trinken, das Gesicht in die Sonne halten und über nichts reden würden.

Hans nahm den Korb mit den Marmeladengläsern entgegen. Jeden Verschluss zierte eine karierte Schleife. Er sah ein wenig beschämt aus, doch meine Mutter winkte seinen Blick fort und küsste ihn auf beide Wangen.

Meine Großmutter saß auf der Bank im Hof. Ich ging zu ihr, setzte mich neben sie und ließ zu, dass sie mir eine Haarsträhne hinters Ohr schob. Rau und trocken strichen ihre Fingerkuppen über meine Haut.

»Wir waren heute in der Konditorei. Bei der Hexe, weißt du.«

Ich erzählte ihr von den gedeckten Tischen, dem Kaffee und den Eclairs. Sie neigte den Kopf, um besser zu hören. Ich war mit der Geschichte fast am Ende, als ich es bemerkte. Während ich erzählte, lächelte meine Großmutter die ganze Zeit, doch nichts in diesem Lächeln veränderte sich. Es war, als würde mir jemand ein und dasselbe Foto immer und immer wieder vorlegen und behaupten, es sei jedes Mal ein anderes. Es dauerte lange, bis ich die Täuschung erkannte. Ich sah ihr in die Augen. Sie waren sanft wie die eines Tieres, dem ein wichtiges Detail seiner Umgebung entgeht. Dass das Gatter, hinter dem es eingeschlossen ist, auf einmal weit offen steht oder dass die Hand, die sonst den Futtertrog füllt, plötzlich ein Messer hält.

Ängstlich nahm ich Großmutters Finger und drückte sie, bis ihr Blick sich an mich hängte. Sie erwiderte den Druck und schaute mich prüfend an.

»Sie hat sich nicht an die Konditorin erinnert«, sagte ich später zu Hans, als er sich vor dem Tor verabschiedete. »Was ist denn mit ihr?« Ich konnte nicht aufhören, mich vor dem dumpfen Unverständnis, das sich hinter ihren Augen aufgebaut hatte, zu fürchten.

»Sie ist eben alt.« Hans lächelte und nahm meine Hand. Sein Griff war fest. Auch er ängstigte sich.

Ich fragte mich, ob alle anderen es schon bemerkt hatten. Ob sie ahnten, dass es Momente gab, in denen die Gedanken meiner Großmutter abbrachen und eine Lücke blieb, in der nichts war außer Verwirrung. Ich fragte mich, ob Großmutter sich fürchtete vor den Leerstellen in ihrem Gedächtnis, ob sie suchte, was dort gewesen sein könnte.

Aber vielleicht wusste sie auch gar nichts davon. Vielleicht war es wie Schlafen. Eine Zeit, in der es dunkel und still war. Ich hoffte, dass es so war.

***

Am Wochenende gab es ein Erdbeben.

Früh am Morgen weckte mich schweres Licht, das durch die Vorhänge sickerte. Als ich das Fenster öffnete, sah ich, dass der Himmel grau und düster war. Dort, wo die Sonne stand, schien ein schmutzig-gelbes Leuchten durch die Wolken.

Noch vor dem Frühstück machte ich mich auf den Weg, um Wasser zu holen. Es war bereits drückend heiß, jeder Schritt zum Brunnen war eine Mühe. Als ich mich bückte, um die Kanne unter den Hahn zu stellen, wurde mir schwindlig. Ich lehnte die Stirn gegen den Hahn. Ein Vibrieren schien von ihm auszugehen, das wie ein Kopfschmerz bis in meine Augen pulsierte.

»Schwül heute.«

Ioana stand mit zwei leeren Kannen hinter mir, ich hatte sie nicht kommen hören. Sie schob mich beiseite und drückte die Pumpe ein paar Mal kräftig nach unten.

»Halt deine Hände drunter.«

Ich fing das Wasser auf, dann presste ich die nassen Finger gegen meine Wangen. Die Haut glühte, als hätte ich Fieber.

»Es wird ein Gewitter geben.«

»Ja, vielleicht.« Ioana schaute mit zusammengekniffenen Augen zum Himmel.

Wir füllten unsere Kannen und machten uns auf den Rückweg. Ioana war ungewohnt schweigsam. Die Stille lag in den Straßen wie eine Schlange, die sich auf einem Stein sonnt. Kein einziger Hund bellte hinter seinem Tor, die Bäume standen wie versteinert, und die Vögel schienen verstummt zu sein.

»Heute Abend macht Hans seine Geburtstagsfeier, oder?« Ioana sah mich an. Ich nickte.

»Zieh doch dein blaues Kleid an«, sagte sie. »Das ich dir geschenkt hab.«

Sie hatte vor wenigen Wochen nach Budapest fahren dürfen und war mit Geschenken für uns alle zurückgekommen. Meine Mutter hatte nicht aufgehört zu schimpfen über die kleinen goldlackierten Ohrringe, die sie seitdem jeden Tag trug. Ioana hatte nur gelacht und gesagt, sie wolle uns alle bestechen: »So geht das doch, oder? Wenn man heutzutage von jemandem was will, besticht man ihn. Und ich will, dass ihr alle dableibt.«

Mir hatte sie ein dunkelblaues Kleid mitgebracht. Es war ärmellos, mit breiten Trägern, und seinen Saum zierten aufgestickte Margeriten.

»Ich weiß nicht«, sagte ich, »das Kleid ist doch nur für besondere Anlässe.«

»Ja, eben.« Sie stieß mich leicht mit der Schulter an. »Na komm, ich hab dich noch gar nicht damit gesehen.«

Sie hielt inne, ich hob den Kopf. Die Hunde hatten begonnen zu heulen. Ein hohes Jaulen aus allen Höfen, es schmerzte in den Ohren. Wir wechselten einen Blick, und da fing es schon an. Wir fassten uns bei den Händen. Etwas Nasses ergoss sich über meine Füße. Ioana hatte die Kannen zu rasch abgestellt, das Wasser war über den Rand geschwappt. Ein Schwanken kroch meine Beine hinauf und ließ den Schotter zittern.

»Es ist gleich vorbei.« Ich hörte Ioanas Herz in ihrer Stimme rasen und folgte ihrem Blick zu den Bäumen am Straßenrand. Sie bebten, als wäre der Wind, der sie sonst nur von außen bewegte, jetzt in ihrem Inneren gefangen. Es tat einen Schlag, und jemand schrie. In einem der Häuser musste etwas Schweres zu Boden gefallen sein.

Dann war plötzlich alles vorbei. Die Ruhe unter den Füßen verursachte ein neues Beben im Kopf, das noch einige Sekunden andauerte. Wir taumelten.

»Schon vorbei, schon vorbei.« Ioanas Lippen zitterten. Jetzt erst spürte ich, wie kalt das Wasser war, das die Riemen meiner Sandalen durchtränkte.

Zu Hause waren alle erschrocken und erleichtert. Nichts war zu Bruch gegangen, es gab keine Risse in den Wänden. Mein Vater schenkte uns Vișinată ein. Sogar meine Großmutter nahm ein Glas und nippte daran. Ich konnte mich an stärkere Beben erinnern. Meistens war ich im Haus gewesen und hatte gesehen, wie diese Kraft in unsere Möbel fuhr, wie die Uhr und die Fotorahmen sich an ihren Nägeln zur Seite neigten. In den Schränken klirrten die Gläser.

Noch bis weit in den Nachmittag kamen Nachbarn vorbei, um zu fragen, ob alles in Ordnung sei. Sie redeten über das Beben, als hätten wir es nicht mitbekommen. Alle hatten etwas gerötete Wangen und glänzende Augen und sagten erst Nein und dann Ja, wenn meine Mutter ihnen etwas zu trinken anbot. Das Gefühl, etwas überstanden zu haben, machte die Leute redselig und gesellig, man hätte meinen können, es gäbe eine Hochzeit im Dorf. Schließlich schien für den Abend jeder bei jedem eingeladen zu sein. Meine Großmutter schaute, wie die Leute kamen, redeten und wieder gingen, und ihr Blick verriet mir, dass sie sich amüsierte.

An Erdbebentagen hält das Gefühl vom Morgen an. Der Druck hinter den Augen und ein Unbehagen, das in der tiefsten Kammer des Bewusstseins sitzt. Ich glaube, dass es allen so ging, dass sie deshalb so viel und so schnell redeten und die Nähe der anderen suchten. Ich sah es auch an Hans und Misch, als sie durch das Tor hereinkamen. Sie sprachen lauter als sonst, und als Hans den Arm um mich legte, meinte ich, in Mischs Blick eine Veränderung zu sehen. Wir verabredeten uns für den Abend, und statt wie sonst hineinzugehen, blieb ich vor dem Tor stehen und blickte ihnen auf ihren Fahrrädern hinterher. Nur deshalb sah ich, wie Misch sich noch einmal umdrehte. Er hob nicht die Hand und lächelte nicht. Schaute nur kurz über die Schulter und drehte sich wieder nach vorne.

Am Abend betrachtete ich mich lange vor dem einzigen Spiegel im Haus. Der Stoff des blauen Kleides lag eng am Oberkörper an und warf von der Hüfte abwärts weite Falten. Fast ein wenig altmodisch. Wie die Kleider, die meine Mutter auf Fotos von Hochzeiten trug. Ich wusste nicht, wo die Kleider abgeblieben waren, vielleicht hatte meine Mutter sie verkauft, als die Familienfeiern weniger wurden.

Ich war spät dran, als ich mich auf den Weg machte. Im Hof saß meine Großmutter und nähte einen Knopf an eine Bluse. Ihre Hände zitterten nicht, doch ihre Finger waren so geschwollen, dass sie die Nadel kaum halten konnte. Als sie mich bemerkte, winkte sie mich zu sich.

»Ich kann nicht, ich muss mich beeilen«, rief ich und schob das Fahrrad Richtung Tor. Ich hob die Hand zum Abschied, doch meine Großmutter hatte sich schon wieder über ihre Arbeit gebeugt, als hätte sie mich vergessen.

***

Ich wusste, dass ich einen Fehler machte, und es war mir egal. Ich wusste es, als wir leise lachend das Tor hinter uns schlossen, das die Musik und den Lärm klirrender Gläser dämpfte. Als der Saum des Kleides über den kaltnassen Sattel strich. Und ich wusste es, als wir losfuhren und die Nacht sich wie ein rauschendes Band neben meine Ohren zu legen begann.

Ich hatte meine Schuhe bei Hans im Garten gelassen, und das eingerissene Plastik der Pedale kratze an meinen nackten Fußsohlen. Misch und ich fuhren hinaus aus dem Dorf, wir ließen die dunklen Häuser hinter uns. Auf dem Feld stand der Mais jetzt noch höher, es war nicht mehr lange bis zur Ernte. Bald würde von seinen über zwei Meter hohen Halmen nichts als Stoppeln übrig sein. Nichts mehr, hinter dem man sich verstecken konnte. Vielleicht würde das Verschwinden dann aufhören, wenn der Mais die Leute nicht mehr fressen konnte und nichts ausspucken als das Gefühl, verlassen worden zu sein.

Der Feldweg machte eine Biegung. Ich fragte mich, warum Misch das tat. Doch vielleicht tat er ja gar nichts. Vielleicht hatten das blaue Kleid und das Lachen, als wir das Tor hinter uns schlossen, nur in meinem Kopf eine Bedeutung. Ich dachte daran, wie ich am frühen Abend in den Hof gekommen war. Hans und Misch saßen unter der Laube und rauchten, und als sie mich bemerkten, hörten sie plötzlich auf zu reden. Wie passte dazu unser Lachen oder die Tatsache, dass ich meine Schuhe unter Hans' Tisch gelassen hatte, so als wäre es mir egal?

Irgendwann kamen wir durch Johannisfeld und weckten dort die Hunde, deren müdes Bellen uns ein Stück begleitete. Und auch aus diesem Dorf fuhren wir hinaus, und dann, an einem bestimmten Punkt, hörte der Weg einfach auf. Ich wusste nicht warum, es ergab keinen Sinn, dass der Schotter plötzlich endete, wo der Mais begann. Wir hielten an und stiegen von den Rädern. Misch machte einen Schritt auf das Feld zu. »Von hier aus geht es«, sagte er leise, die Stimme rau vom Schnaps. »Wenn du von hier aus immer weiterläufst, immer geradeaus, kommst du nach Jugoslawien. Ein paar Stunden, dann geht die Sonne auf, und du bist weg. Du darfst nur nicht stehen bleiben. Bis du die ersten Häuser siehst, musst du immer weiterlaufen.«

Schweigend starrten wir in die Dunkelheit. Ich fröstelte und rieb mir über die nackten Arme. »Ist das alles, was du mir zeigen wolltest?«, fragte ich. Misch sah mich an und öffnete überrascht den Mund. Fast musste ich lachen über seinen Blick.

»Ich wollte es dir zeigen«, sagte er ernst. »Weil ich will, dass du den besten Weg kennst, wenn es so weit ist.«

Ich griff nach seiner Hand, und es war schlimm, dass er erschrak. Das Kleid hatte zu viel Bedeutung für mich, das sich schließende Tor und die Hunde, die uns hinterherbellten, als wüssten sie etwas. Ins Maisfeld fuhr ein Windstoß, und ich merkte, dass September war.

»Würdest du ohne mich gehen?«

Misch nickte. »Ja, würde ich.«

Sein Ausweg war schnurgerade. So eng, dass nichts und niemand neben ihm Platz hatte.

»Ich komme mit, wenn du gehst«, sagte ich. »Wenn du ohne mich gehst, komm ich dir nie nach.«

Ich hatte nicht gewusst, dass ich die Macht besaß, jemanden zu quälen. Er sah mich an, als hätte ich ihn verraten, und als er mich küsste, nahm er mein Gesicht so fest zwischen beide Hände, dass es wehtat.

Als ich am frühen Morgen nach Hause kam, saß mein Vater am Küchentisch und weinte. »Deine Großmutter ist heute Nacht gestorben«, sagte er, und entsetzt sah ich die Tränen, die in seinem Bart zitterten, und wie er die rissigen Hände ineinander verschränkte. Wie er den Schmerz zwischen den Handflächen zerrieb, als könnte er ihn so kleiner machen.

Ich ging nach oben. Ich hatte schon Tote gesehen, doch nie waren sie mir nahe gewesen. Ich betrachtete sie mit Neugier oder mit Gleichgültigkeit, doch heute fürchtete ich mich. Ich fürchtete mich vor dem Gegenstand, der im Bett liegen würde, vor dem verwinkelten Raum, in dem das Blut stillstand und keine Gedanken mehr gingen. Still war der Tod, mehr nicht. Im Zimmer stand ein Fenster offen, eine Kerze flackerte neben dem Bett. Das war das Erste, was ich sah, die Kerze, und ich fragte mich, wie man an so etwas denken konnte. Wie man eine Kerze anzünden konnte, wenn jemand gestorben war, so als gäbe es nichts anderes zu tun. Als müsste man sich nicht an einen Tisch setzen und den Schmerz zwischen den Händen zerreiben in der Hoffnung, dass er wie Sand in den Holzritzen verschwindet.

Dann betrachtete ich den Gegenstand, der Großmutters Kopftuch trug, und darunter war er bleich. Die Bräune des Sommers hatte sich in tiefere Hautschichten zurückgezogen und einem Wintergesicht Platz gemacht. Ich setzte mich auf den Schemel neben dem Bett. Jemand hatte ihr ein Handtuch unters Kinn geschoben, und ihr geschlossener Mund lächelte.

Draußen waren die Vögel wach geworden und lärmten auf dem Dach. Sie wussten ja nichts vom Tod, sie sangen, bis ihre schnellen Herzen zu Klumpen wurden. Und in dem Moment, wo es geschah, war es schon vorbei, und sie mussten nicht versuchen, etwas zu enträtseln, was ihren Verstand bei Weitem überstieg.

Mein Verstand sagte mir, dass meine Großmutter tot in ihrem Bett lag, doch aus den Augenwinkeln sah ich, wie ihre Brust sich hob und senkte, und ihre gefalteten Hände zuckten wie im Traum. Meine Augen glaubten den Tod nicht, Tag für Tag hatten sie meine Großmutter atmen gesehen.

Ich erschrak, als ich Großmutters Finger berührte. Die Kälte hatte die Spätsommerhitze aus ihren Gliedern vertrieben. Es war das letzte Mal, dass ich sie berührte, das letzte Mal, an das ich mich erinnerte. An die letzte Berührung ihrer lebenden Hände konnte ich mich nicht erinnern.

Vor dem Fenster war ein blasser Morgen aufgezogen. Meine Mutter kam ins Zimmer und sagte leise, dass es Frühstück gäbe, wenn ich welches wollte.

***

Leichenzüge gingen mir immer zu langsam. Es war mühsam, gemessen einen Fuß vor den anderen zu setzen, wenn man sah, wie alle den Schmerz wie Steine in den Schuhen mit sich trugen.

Es war noch einmal heiß geworden. Schwere Schritte schoben den Staub auf der Straße vor sich her, durch das ganze Dorf ging eine schwarze, schlurfende Welle. Auf der vordersten Woge schaukelte der Sarg meiner Großmutter auf einem geschmückten Pferdewagen. Das Pferd trug Troddeln und Chrysanthemen am Zaumzeug. Mein Vater führte es, ich sah von hinten nur seine bebenden Schultern. Als würde die Welle sich an seinem Rücken brechen.

Die Blaskapelle spielte, als hätte man schon am frühen Morgen mit dem Trinken angefangen. Es war beinahe komisch, wie wir alle mit ernsten Gesichtern zu den schiefen Klängen vorwärtsschlurften. Hans hielt meine Hand zu fest. Sein Anzug war ihm zu groß, er sah verloren aus in seiner Traurigkeit. Er hatte meine Großmutter geliebt, ich hatte es an dem Tag auf dem Markt gesehen, als er das Lachen aus ihr herauslockte. Und viele Male davor. Ich fühlte mich, als wäre ich ihm etwas schuldig dafür. Als müsste ich noch einmal hinhören, wenn meine Großmutter »Kind« sagte und etwas anderes meinte.

Ich hatte ihre Worte falsch gedeutet, das Rätsel ihres Schweigens absichtlich falsch gelöst, damit ich nicht sehen musste, dass sie sterben würde. Hans hatte nicht überrascht gewirkt, als er erfuhr, dass sie gestorben war, und weil er es gewusst hatte und sie so liebte, dass er sie auch mit dem Tod hinter ihren Augen liebte, fühlte ich mich schuldig. Die Schuld war der spitzeste Stein an diesem Morgen, an dem wir durch die Straßen schwappten, bis wir am gusseisernen Tor des Friedhofs ankamen.

Ich war oft mit meiner Großmutter hier gewesen, sie hatte den Friedhof gut gekannt. Vielen Kreuzen konnte sie eine Geschichte zuordnen, auch jenen, wo die Inschrift längst verblasst war. Das Kreuz auf ihrem Grab würde weiß sein wie die anderen, eine eingemeißelte Trauerweide über der Stelle, wo vielleicht ihr Kopf lag.

Mit einem letzten schiefen Klang verstummte die Musik. Der Pfarrer sprach ein paar Worte, und ich heftete den Blick an ihm vorbei auf die einsam stehende Gruft im hinteren Teil des Friedhofs, die bereits von der Natur verschlungen zu werden drohte. Dort hatte ich als Kind Grashüpfer gefangen und versucht, Kränze aus Gänseblümchen zu flechten, während meine Großmutter Moos von den Kreuzen kratzte.

Die Leichenträger stellten sich neben das Grab. Zitternd ließen sie den Sarg in die Grube hinab, dann gingen nach und nach alle nach vorne und warfen Erde hinein. Die Musik fing wieder an zu spielen.

Ich stand am Rand der Grube, nachdem ich die Erde auf den Sargdeckel hatte fallen lassen. Sie prasselte hart in die Stille von Großmutters Grab. Da trat Misch vor, ich hatte ihn bisher nicht gesehen. Er musste ein Ausläufer der Welle gewesen sein, hinten, wo der Strom als dünnes Rinnsal durch die Straße sickerte. Er trug keinen Anzug, er sah aus, als hätte der Leichenzug ihn aus dem Bett gespült und mitgerissen. Ich konnte sehen, wie meine Mutter die Nase rümpfte. Misch schüttelte meinem Vater die Hand und kam zu uns. Er sah mich nicht an. Drückte Hans' Schulter und stellte sich neben ihn.

Es war das erste Mal an diesem Morgen, dass ich hätte weinen können. Nicht um meine Großmutter oder um ihren Tod, den ich nicht hatte sehen wollen. Nicht um meinen Vater, dessen Zähigkeit heute an ihm saß wie ein schlecht geschnittenes Hemd. Sie passte nicht zu seinen bebenden Schultern. Meinetwegen hätte ich weinen können. Wegen meiner Dummheit. Und dass ich immer noch da war und mich an den Spätsommer klammerte, bis der Mais geerntet sein würde und alle Wege abgeschnitten waren.

II

Früher war einmal im Jahr ein Zigeunerjahrmarkt bei uns im Dorf. Wagen und Zelte bevölkerten dann für einige Tage die Wiese am Dorfrand. Wenn man in dieser Zeit nachts das Fenster öffnete, hörte man Musik und sah den Rauch von Lagerfeuern in den Himmel steigen. Während die Erwachsenen den Zigeunern mit Misstrauen begegneten und abends die Tore und Fenster fest verschlossen, wurden wir Kinder von den Jahrmärkten angezogen wie von Schatzkisten, die mit geheimnisvollen Dingen gefüllt waren.

Meine Großmutter war die einzige, die mit mir dorthin ging. An einem solchen Junitag während eines Jahrmarktes hielt sie mich fest an der Hand, und wir wanderten an den Ständen und Zelten entlang. Ich blieb vor glitzernden Ketten und bestickten Tüchern stehen und sah einem Zauberer zu, der aus der Brusttasche seines Hemdes eine weiße Maus nach der anderen hervorzog. In meiner Erinnerung trugen die Mäuse winzige rote Schleifen um die Hälse, doch ich wusste nicht, ob das wirklich so gewesen war. An meine Großmutter aber erinnerte ich mich sehr gut: Jung sah sie aus und kräftig, und ich hielt sie mit ihrem Kleid und dem geblümten Kopftuch für die schönste Frau der Welt. Geduldig wartete sie, bis ich mir den Zaubertrick mit den Mäusen angesehen hatte, und hob mich dann auf einen Zaun, damit ich den Pferden über die weichen Nüstern streicheln konnte.

Nur in das Zelt der Wahrsagerin wollte sie mich nicht lassen. Obwohl ich bettelte und an ihrer Hand zog, ließ sie sich nicht erweichen. Tränen stiegen mir in die Augen, als wir uns von dem Zelt, in dem ich eine Glaskugel und eine Frau mit leuchtend grünen Augen vermutete, abwandten. Als ich zu schluchzen begann, sah mich meine Großmutter erstaunt an. Sie beugte sich zu mir und kniff mir in die Wange. »Du bist ein dummes kleines Küken«, sagte sie. »Man muss seine Zukunft nicht kennen. Es ist schon besser so.«

Ich zog die Nase hoch. Ich war der Meinung, dass man seine Zukunft kennen müsse, doch ich sagte nichts. Aber meinen Willen sollte ich noch bekommen.

Es war nur ein kurzer Moment, in dem meine Großmutter abgelenkt war. Sie hatte eine Nachbarin getroffen, mit der sie sich unterhielt. Erst entfernte ich mich nur wenige Schritte und tat so, als würde ich mir an einem Stand kleine Dosen und Säckchen ansehen, die nach Gewürzen rochen. Als ich mir sicher war, dass die beiden mich vergessen hatten, lief ich zurück zu dem Zelt der Wahrsagerin. Vor seinem Eingang hing ein Vorhang aus Perlenschnüren, dahinter war es dunkel. Ich hatte Angst hineinzugehen. Was, wenn dahinter eine böse Hexe saß? Doch dann stellte ich mir vor, wie ich nach Hause ginge, ohne etwas über meine Zukunft erfahren zu haben, und riss mich zusammen. Ich schob den Vorhang beiseite und ging in das Zelt. Die Perlenschnüre schlossen sich raschelnd hinter mir. Drinnen war es nicht so dunkel, wie ich gedacht hatte, Petroleumlampen erhellten das Zelt, und es roch durchdringend nach Lavendel. Die Wahrsagerin kam nicht, wie ich erwartet hatte, plötzlich hinter einem weiteren Vorhang hervor, sodass man sich erschreckte. Stattdessen saß sie, eine uralte, dicke Frau, an einem Holztisch und schlürfte Tee aus einer Tasse mit abgeblättertem Goldrand. Sie hatte gerade einen Schluck genommen und winkte mich deshalb händefuchtelnd zu sich. Ein bisschen enttäuscht setzte ich mich ihr gegenüber. Schmatzend stellte sie die Tasse ab und lächelte mich an. Sie hatte fast keine Zähne mehr.

»Bist du ganz allein hier?«, sagte sie auf Rumänisch.

Ich nickte.

Sie lehnte sich in ihrem Stuhl zurück und verschränkte die Arme vor dem Bauch. »Und was willst du von mir?«

Vielleicht hatte ich mich ja im Zelt geirrt. Was dachte sie denn, was ich wollte? »Ich will meine Zukunft wissen«, stotterte ich.

Die Frau lachte. Sie öffnete dabei den Mund nicht, sodass nur ihr Oberkörper bebte, während ein leises Brummen zu hören war. Jetzt erst sah ich, dass sie einen Schnurrbart hatte. Ich fing an, auf meinem Stuhl herumzurutschen.

»Sind Sie keine Wahrsagerin?«

Sie beugte sich über den Tisch, sodass ihr Atem mein Gesicht streifte. Er roch nach Kräutertee. »Was glaubst du denn?«, sagte sie, jetzt auf Deutsch.

Ich schaute zum Zelteingang und fuhr zusammen, als der Perlenvorhang raschelte. Meine Großmutter stand auf einmal im Zelt und funkelte mich an. »Wir gehen jetzt nach Hause«, sagte sie.

Ich sprang von dem Stuhl auf.

»Warte«, sagte die Frau. Sie fing an, in einem Pappkarton zu wühlen, der neben ihrem Tisch stand.

»Wir wollen nichts kaufen«, sagte meine Großmutter.

Die Alte beachtete sie nicht. Sie holte ein braunes Säckchen aus dem Karton, das mit einer Kordel zugebunden war.

»Wir wollen nichts kaufen, hörst du« sagte meine Großmutter noch einmal. Sie griff nach meiner Hand.

»Warte, warte«, sagte die Frau und schwenkte den Beutel. »Es ist ein Geschenk. Für das Kind.«

Ich schaute meine Großmutter fragend an. Die seufzte und nickte. Zögernd ging ich auf die Alte zu. Als ich die Hand nach dem Säckchen ausstreckte, packte sie sie und drehte sie um. Einen Moment lang dachte ich, sie würde mir aus der Hand lesen, doch sie schaute sie überhaupt nicht an, sie drückte nur das Säckchen hinein. Es war ziemlich schwer. »Pass gut drauf auf«, sagte sie, »da ist deine Zukunft drin.«

Als wir in die Sonne hinaustraten, war ich erleichtert. Erst jetzt fiel mir auf, wie still es in dem Zelt gewesen war.

Meine Großmutter gab mir eine Ohrfeige, mir blieb die Luft weg. »Hast du schlechte Ohren, oder warum hörst du nicht?« Ich drückte das Säckchen der Wahrsagerin an die Brust. Da war meine Zukunft drin, und auch eine Ohrfeige konnte nichts daran ändern.

Schweigend gingen wir nach Hause. Dort rannte ich sofort in den hinteren Garten und setzte mich unter den Weichselbaum. Ich zog das Säckchen auf und schaute hinein. Bis zum Rand war es mit feinem Sand gefüllt. Verblüfft steckte ich den Finger hinein und bohrte darin herum, ohne etwas zu finden. Ich war so enttäuscht, dass ich es von mir weg in den Garten schleuderte. Der Sand fiel heraus und prasselte ins Tomatenbeet.

Später, viel später erzählte ich meiner Großmutter beschämt, was in dem Beutel gewesen war. Tröstend strich sie mir über die Wange. »Sei nicht traurig, Küken«, sagte sie. »Die Zigeuner sind alle Halsabschneider.«

***

Trauer macht müde, und ich sah Hans an, dass er sich lieber ins Bett gelegt hätte, als sich an den Tisch zu setzen und zu essen. Er schien nicht zu bemerken, dass Misch mit jedem redete, nur nicht mit mir. Ioana dagegen fiel Mischs Verhalten auf. Ständig warf sie mir bedeutungsvolle Blicke zu, doch ich ignorierte sie. Ich konnte an nichts anderes denken als an leere Zimmer und Stühle und an die Frage, was meine Großmutter von mir wollte, als sie mich an dem Abend nach dem Erdbeben noch einmal zu sich gerufen hatte. So war das mit letzten Erinnerungen, meistens bedauerte man sie.

Misch konnte nicht Nein sagen, als mein Vater ihn bat, zum Essen zu bleiben. Er wartete, bis Hans und ich uns gesetzt hatten und nahm dann am anderen Ende des Tisches Platz. Ich starrte ihn an, doch er hielt den Kopf gesenkt. Erst jetzt sah ich die dunklen Schatten unter seinen Augen. Auf seinen Haaren lag ein fettiger Glanz.

Ich ging in die Küche, um Teller zu holen, und hörte, dass meine Mutter sich darüber beschwerte, wie Misch aussah. Ioana rührte die Suppe um und antwortete ihr nicht. Als sie mich bemerkte, legte sie den Schöpfer weg und drückte mir einen Stapel Teller in die Hände, mit einem Gesichtsausdruck, als gäbe sie mir meine Geheimdienstakte.

»Was schaust du denn so?«, fuhr ich sie an.

Meine Mutter drehte sich zu mir um. »Anna!«, rief sie.

»Lass sie«, sagte Ioana, »sie ist traurig.«

Sie zog die Brauen hoch. Ich bekam große Lust, die Teller nach ihr zu werfen. Dass sie immer alles wusste! Schon als ich klein gewesen war, hatte sie gewusst, wer die Weichseln für das Kompott gegessen hatte. Doch verraten hatte sie mich nie.

Mein Gesicht glühte, als ich die Küche verließ. An der Schwelle stolperte ich, sodass die Teller in meinen Händen schepperten. Misch hob den Kopf und sah mich an.

Sein Blick erinnerte mich daran, wie wir früher an heißen Tagen in die Temesch gestiegen waren, deren Wasser auch im Hochsommer eiskalt war. Sobald es unsere Knöchel umschloss, lief ein Zittern über die Haut, und mit jedem Schritt leckte das Wasser an einer weiteren sonnenwarmen Stelle. Beinahe wünschte man sich zurück ans Ufer. Erst wenn sich schmerzhaft alle Muskeln zusammenzogen und sich die Poren zu einem Panzer verschlossen, tauchten wir den Kopf unter Wasser. Dann war es dunkel für einen Moment. Kein einziges Geräusch, außer dem des Blutes, das in den Ohren pulsierte. Keuchend kamen wir wieder an die Oberfläche und spien Wasser und überdrehtes Lachen. Unsere Herzen beruhigten sich, und die Nässe, die uns aus den Haaren troff, wurde warm, als würde uns jemand Sonnenlicht in den Nacken gießen. Unsere Glieder bewegten sich träge in der Strömung. Schwer atmend sahen wir einander an.

Als ich mit den Tellern im Hof stand, schien der Ausdruck dieses Moments in Mischs Gesicht gefangen. Seine Augen weiteten sich, und ich erkannte das Gefühl darin wieder: etwas zwischen einem Schaudern und erschrockener Lust.

***

Ich spürte einen scharfen Schmerz, dann lief Blut über die Spule in meiner Hand. Sie sah aus, als hätte ich sie rot lackiert. Am Spulenkörper war ein Grat entstanden, ein Produktionsfehler, den ich hätte bemerken müssen. Der Vorarbeiter kam auf mich zugerannt und schrie mich an. Wahrscheinlich konnte er kein Blut sehen. Unter seinem Bart war er bleich, auf den gelben Zähnen glänzte Speichel.

Loredana, die am Band neben mir arbeitete, packte mich an der Schulter und schob mich in Richtung Toilette. Mit der unverletzten Hand hielt ich die blutende so fest, dass meine Finger verkrampften.

Im Waschraum roch es nach Urin, dass einem schlecht werden konnte. Loredana drehte am Hahn, aus dem braunes Wasser schoss.

»Warte«, sagte sie. Quälend langsam verschwand das Braun aus dem Strahl. Meine Hand pochte.

»So jetzt, halt sie drunter.« Das Wasser zerrte an den Rändern des Schnitts, ich biss die Zähne zusammen. Unter dem Blut kam die Wunde zum Vorschein. Sie lag seitlich am Zeigefinger und war erstaunlich klein.

»Wird schon wieder«, sagte Loredana.

Wir arbeiteten seit einem Jahr nebeneinander und redeten nur das Nötigste. Ich wusste nichts über sie, außer dass sie studiert hatte, bevor sie hier anfing. Ich konnte ihr ansehen, dass die Arbeit in der Fabrik sie quälte. Sie gab sich keine Mühe und war zu langsam. Viele wunderten sich, dass sie dennoch weiter als Lackiererin arbeiten durfte. Hans behauptete, sie sei nur zum Spitzeln in der Fabrik.

Sie nahm ein breites Pflaster aus dem Verbandsschrank, der statt eines Spiegels über dem Waschbecken hing, und hielt es mir hin.

»Ich hab gehört, dass deine Großmutter gestorben ist. Das tut mir leid«, sagte sie plötzlich.

Ich war überrascht. »Danke«, erwiderte ich.

Sie hatte die Hand schon auf der Türklinke und zögerte.

»Ich hab sie gekannt, deine Großmutter.« Sie sah mich nicht an. »Ich hab Gemüse bei ihr gekauft. Später dann bei deiner Mutter, aber deine Großmutter saß immer bei ihr.« Sie hob den Blick. »Einmal hab ich sie gegrüßt und gemerkt, dass sie mich nicht erkennt. Manchmal hat sie sogar Anna zu mir gesagt.«

»Ja, sie hat viel vergessen am Ende«, sagte ich und wusste nicht einmal, ob es stimmte. Loredana nickte, dann verließ sie den Waschraum.

Als die Tür zugefallen war, sah ich auf meine Hand. Sie zitterte, und das Wasser verteilte das Blut im Keramikbecken. Ich hob den Kopf, als die Tür sich wieder öffnete und Hans hereinkam.

»Das ist die Frauentoilette«, sagte ich.

Er starrte auf die Wunde. »Muss es genäht werden?«

»Blödsinn.«

»Was hat die denn gewollt?« Er deutete auf die Tür. »Hat sie dich was gefragt?«

»Sie hat mir Beileid gewünscht. Wegen Großmutter.«

Ich drehte den Hahn zu, und es wurde still im Waschraum. Hans sah aus, als hätte ihn jemand geschlagen. Er trat zu mir, schlang die Arme um meine Taille und legte den Kopf in meinen Nacken.

»Hör auf. Wir sind bei der Arbeit.«

Er antwortete, den Mund so nah an meinem Hals, dass ich es nicht verstand.

»Hans, bitte, ich muss zurück zur Arbeit.« Ich wollte mich umdrehen, um ihm ins Gesicht zu schauen, doch er hielt mich fest.

Erst nach einer Weile löste er die Arme und verließ den Raum, ohne sich noch einmal umzudrehen. Mein Herz raste. Ich wusste nicht, ob es der nachlassende Schrecken über den Schmerz war oder etwas anderes. Im Waschbecken zerliefen die Blutflecken, sie sahen aus wie welkende Blüten.

Alles war verändert ohne meine Großmutter. Selbst die Abende schienen auf einmal leer und zu groß, wenn wir das Geschirr hinaustrugen in den dämmrigen Hof. Im Haus war es bereits dunkel, der Strom war abgestellt. Die Ketten der Hunde klirrten, als sie sich auf die Kochabfälle stürzten, die mein Vater ihnen hinwarf. Sie waren mager geworden. Ich sah, wie ihnen der Hunger gefährlich aus den Augen sprang, wenn für sie nichts abgefallen war, während wir am Tisch saßen.

Der Wind ging so sachte, dass ich ihn nur am Rascheln der Blätter über uns bemerkte. Bald würden wir Wein machen, die Beeren hingen schon in dicken Trauben an den Ranken.

In der Ferne war das Läuten von Kuhglocken zu hören, hin und wieder auch eine schreiende Ziege. Meine Großmutter hatte bei dem Geräusch immer den Kopf gehoben, obwohl sie die heimlaufenden Tiere vermutlich längst nicht mehr hören konnte.

»So viel Geld. Nur damit sie den Antrag bearbeiten.« Mein Vater rieb sich erschöpft das Gesicht. »Und was sie alles wissen wollten. Vier Stunden war ich dort, und dreieinhalb davon hab ich nur gewartet.« Meine Mutter stellte ihm Suppe hin und setzte sich.

Ein Großonkel, an den ich mich kaum erinnerte, lag im Sterben. Mein Vater hatte einen Reiseantrag für Deutschland gestellt, um ihn besuchen zu können.

Meine Mutter faltete die Hände über dem Teller. »Vielleicht solltest du das Geld hergeben. Wir haben ja noch Gespartes.«

»Das kannst du nicht machen«, sagte ich.

Meine Mutter schnalzte ungeduldig mit der Zunge. »Wenn es nicht anders geht. Der Peter Onkel hat sonst niemanden mehr.«

»Das ist Erpressung. Ihr dürft euch nicht erpressen lassen.«

»So kannst du nicht reden«, sagte meine Mutter erstaunlich sanft. »Es ist halt so.« Sie nahm ihr Besteck auf, als wäre das Gespräch beendet.

Ich biss mir auf die Unterlippe. Der Löffel in meinen Fingern zitterte, Suppe tropfte auf den Tellerrand. Ich legte ihn weg und ballte die Hand zur Faust. Schmerz fuhr in die frische Wunde, und ich spürte, wie das Pflaster nass wurde. Ich stand auf.

Meine Mutter hob den Kopf. »Was ist?«

»Ich muss gehen.«

»Wohin denn?«

»Raus.« Ich wich ihrem fragenden Blick aus, nahm das Fahrrad und schob es durchs Tor.

Erst als ich die Häuser hinter mir gelassen hatte, konnte ich mich beruhigen. Das letzte Abendlicht lag auf den Feldern, die Linie des Horizonts verschwand bereits hinter aufziehendem Nebel.

Ich bremste, als ich den Baum erkannte, von dem aus Hans vor Wochen ins Feld gelaufen war. Den Baum musste einmal der Blitz getroffen haben. Aus seiner vernarbten Mitte zweigten zwei Stämme ab. Wie sie versuchten, die Krümmung, die ihnen der Blitzschlag aufgezwungen hatte, zu überwinden, um in die Höhe zu wachsen. Es gelang ihnen nach Jahren noch immer nicht, sie reckten sich zur Seite wie zwei zur Begrüßung geöffnete Arme.

Ich versuchte, mir das Gesicht des Onkels ins Gedächtnis zu rufen, doch da war nichts. Keine Stimme, keine Augen. Keine einzige Erinnerung.

***

Wir standen vor dem Grab meiner Großmutter, untätig und ratlos. Meine Mutter überspielte es mit Geschäftigkeit und fing an, Unkraut zu jäten. Über dem verdorrten Gras am Friedhof spannte sich ein wolkenloser Himmel. Sie fuhr sich mit dem Handrücken über die Stirn.

»Na komm, hilf mir«, sagte sie.

Lustlos begann ich, Pflanzen aus der Erde zu ziehen. Es gab nicht viel zu tun, das Grab war frisch. Als wir fertig waren, wischte meine Mutter gedankenverloren über den Stein. Dann klopfte sie sich auf die Schenkel, stand auf und räumte den Eimer und die Geräte zusammen.

Ich folgte ihr durch das Gras, das auf dem schmalen Weg zwischen den Gräbern bereits kniehoch stand. Am Grab ihrer Eltern bekreuzigte sie sich. Ich faltete die Hände und fragte mich, woran sie dachte in den Sekunden, in denen sie nur schweigend auf das Grab schaute, bevor sie ihre Arbeit wieder aufnahm.

Für meine Großmutter waren die stummen Steine wie ein Ersatz für das Vergangene gewesen. Sie hatte ihnen nur noch ihre Stimme leihen müssen. Mit ihr hatte der Friedhof beinahe lebendig gewirkt. Meine Mutter hatte diesen Hang zum Erzählen und Erinnern nicht. Zum Erinnern vielleicht, aber davon sagte sie nichts.

Sie beendete ihre Andacht, oder was immer es war, kniete sich neben das Grab und schabte Moos vom Stein, das sie in den Eimer warf. Auf der anderen Seite der Steinplatte tat ich dasselbe, sodass ich sie aus den Augenwinkeln beobachten konnte. Noch nie hatte sie ein Wort verloren über die vernachlässigten Gräber, über die Leerstellen hinter den Geburtsdaten, die sich nicht mehr füllen würden. Geradezu stur hatte sie sich in den letzten Jahren in ein beherrschtes Schweigen gehüllt. Kaum einmal hatte ich sie wirklich außer sich erlebt.

»Denkst du manchmal ans Fortgehen?«, fragte ich wie beiläufig.

Sie hielt inne. Ich spürte ihr Unbehagen und bildete mir ein, ihr Gesicht sei ein wenig bleicher geworden. Doch sie hatte sich rasch wieder im Griff, schaute auf ihre Arbeit und zog streng die Augenbrauen zusammen. So war sie mir beinahe lieber. Vielleicht wollte ich gar nicht wissen, dass sie litt. Es würde mich zu Tode ängstigen.

»Denkst du wohl ans Fortgehen?«, sagte sie kühl und ließ es wie einen Vorwurf klingen. Sie nahm die Hacke und trieb sie energisch in den Boden.

»Ich hab dich was gefragt.«

Sie seufzte ungeduldig und legte die Hacke fort. Etwas verschleierte ihren Blick.

»Ist gut, ist egal«, sagte ich schnell.

»Nein. Nein, ist nicht egal.« Sie faltete die Hände im Schoß, sie waren braun wie Blätter im Herbst.

»Ich denke oft daran. Aber das ändert ja auch nichts.« Sie schüttelte kaum merklich den Kopf und bückte sich, um weiterzuarbeiten.

Ich wusste nicht, ob wir uns immer so fremd gewesen waren. Ich hätte sie gerne berührt, doch zwischen uns stand die Strenge wie eine Vereinbarung, die wir einmal getroffen hatten. Deshalb sagte ich ihr nie, dass ich Angst hatte. Davor, dass der Tag nie kommen würde, an dem sich etwas änderte. Und nur an der Haltung ihrer Schultern konnte ich erraten, wenn sie geweint hatte. Ihre Augen aber waren immer trocken gewesen.

***

Der Vorarbeiter sah aus, als würde er jeden Moment platzen. Seine Augen quollen über. Er atmete ein paar Mal tief ein, bevor er verkündete, dass am Ende der Woche alle die Arbeit niederlegen würden, um sich am Opernplatz zu versammeln.

Ich schaute zu Hans, der mir schräg gegenüber in dem Halbkreis aus hellblauer Arbeitskleidung stand. Seine Miene war unbewegt. Wir gingen zurück an die Arbeit, doch in den Hallen lag die Anspannung wie ein schlechter Geruch. Erst als es zur Mittagspause läutete, konnten wir ihr entkommen.

»Ich geh da nicht hin«, sagte Hans draußen. Er schritt so schnell aus, als wäre ihm das wütende Schweigen noch auf den Fersen. Wir hatten Ceaușescu schon einmal gesehen, da hatten wir noch selbst gejubelt und geklatscht. Wenn man den Gerüchten glauben konnte, kamen die Jubelrufe mittlerweile vom Band.

Damals war ich den Gedanken nicht losgeworden, dass der stammelnde Mann mit der unförmigen Mütze irgendwie nett aussah. Auf eine dümmliche Art nett. Als ich Hans davon erzählt hatte, lachte er nur. »Ein Hund hinter einem Zaun kann auch nett aussehen«, hatte er gesagt.

Wir gingen zur Markthalle. Die Luft und die Geräusche dort waren früher dichter gewesen, der Geruch von Blut und fettem Fleisch war in den Kleidern hängen geblieben. An manchen Tagen waren sich die vielen Menschen zwischen den Ständen auf die Füße getreten, heute waren es nur immer dieselben, die ihre Köpfe in alle Richtungen drehten, als suchten sie in der Halle nach den Dingen, die es dort nicht mehr gab. Es roch nach Paprika, trocken und scharf, manche hatten die Schoten wie Girlanden vor ihre Stände gespannt. Dazwischen hingen Knoblauchzöpfe, und in manchen Auslagen wurden Schnittblumen angeboten. Den Sinn für Schönheit hatten die meisten erst entdeckt, als es kaum noch etwas zu kaufen gab. Seitdem nur noch Gemüse angeboten wurde, war der Boden der Halle sauberer. An manchen Stellen waren noch dunkle Flecken zu sehen, wo Blut in den porösen Stein gesickert war.

Meine Mutter saß an ihrem Stand. »Hast du schon gehört?«, fragte Hans, der sich neben ihr auf einen Stuhl fallen ließ. Sie verzog das Gesicht. Nach der letzten Versammlung auf dem Opernplatz waren wir beinahe lustig gewesen. Wir wussten nichts Besseres, als darüber zu lachen, wie wir wie aufgezogene Puppen Dinge gerufen hatten, die uns so im Traum nicht eingefallen wären.

Ich griff nach dem Messer, das meine Mutter in einer Pappschachtel unter dem Gemüsestand aufbewahrte. Auch ein Holzbrett lag dort, und ich schnitt mir eine der Tomaten auf. Saft lief über das Brett.

»Wir bekommen Besuch!«

Ich heftete den Blick auf die Kerne, die im Saft schwammen. Ich hatte Misch nicht kommen sehen. Seit der Beerdigung meiner Großmutter hatte ich ihn nicht mehr getroffen. Meine Mutter begrüßte ihn kühl. Sie nahm ihm offenbar immer noch übel, dass er ohne Anzug und mit ungewaschenem Haar zum Begräbnis erschienen war.

Misch klopfte Hans auf die Schulter und setzte sich auf die Armlehne des Stuhls. Die beiden redeten darüber, wie sie der Ansprache fernbleiben könnten. Sie überlegten, einen Arzt zu bestechen, damit er sie für den Tag der Versammlung krank meldete. Der Stuhl, auf dem sie saßen, neigte sich unter ihrem Gewicht zur Seite, und Misch ruderte mit den Armen. Sie lachten überdreht, meine Mutter hob die Augen zum Himmel.

»Am Ende müsst ihr ja doch hin«, sagte ich.

Sie sahen mich an, als hätte ich ein Spiel verdorben. Beinahe hätte ich es bedauert, doch ich war zu erschöpft vom Leugnen und gönnte es ihnen nicht. Wir würden hingehen. So wie wir in der Schule die Namen der Ceaușescus auswendig gelernt hatten. Ständig schienen neue hinzuzukommen, irgendwann konnten wir an die fünfzig Namen aufzählen. Ich hatte sie zu Hause vor mich hingesungen, gedankenverloren und zu erfundenen Melodien, bis meine Mutter mich anfuhr, ich solle den Mund halten.

Ioana kam, als Hans und ich gerade zurück zur Arbeit gehen wollten. Sie setzte sich neben meine Mutter und rieb sich müde das Gesicht. Durch ihre Finger hindurch sah sie uns an. Sie lachte. »Habt ihr schon gehört?«

***

Seit dem Morgen lag ein Gewitter in der Luft. Niemand ging in seiner Arbeitskleidung zum Opernplatz, wir waren angezogen wie für eine Hochzeit. Die Kinder strahlten in ihren Uniformen und schwenkten Fähnchen. Sie freuten sich, weil sie nicht zur Schule mussten. Hans ließ den ganzen Weg über meine Hand nicht los. Die Straßen waren voller Menschen, die Plakate trugen, von überall her traf uns Ceaușescus starr lächelnder Blick. Ich beobachtete, wie ein Mann vor uns sich verstohlen umsah, bevor er sein Plakat wie zufällig fallen ließ.

Mir schwindelte in der drückenden Hitze. Die ganze Nacht lang hatte mich das Grollen entfernten Donners immer wieder geweckt, und der Wind hatte unablässig die Fensterläden in den Angeln knarren lassen. Doch es war kein einziger Regentropfen gefallen.

Wir trafen meine Eltern am verabredeten Platz hinter der Kathedrale. Zu meiner Überraschung stand Misch bei ihnen, er redete mit meinem Vater.

Ich löste meine Finger aus Hans' Griff. »Bringen wir es hinter uns«, sagte ich.

Zwischen Opernhaus und Kathedrale drängten sich bereits die Menschen. Lange hatte ich den Platz nicht mehr so bunt und belebt gesehen. Wir standen weit hinten. Ich stellte mich auf die Zehenspitzen und sah, wie die vorderen Reihen sich gleichmäßig bewegten. Rufe drangen an mein Ohr. »Vorne üben sie schon das Klatschen«, sagte ich leise zu meiner Mutter. »Mittlerweile sollten wir es doch können.« Ihre Stirn legte sich in Falten.

Wir warteten fast eine halbe Stunde, während mehr und immer noch mehr Menschen auf den Platz strömten. Vor der Oper wurde weiter geklatscht und gerufen, doch dort, wo wir standen, war es beunruhigend still. Immer wieder drehten die Leute die Köpfe, als würden sie jemanden suchen, aber in unseren Reihen war keiner von der Miliz zu sehen. Zumindest keiner, der sich zu erkennen gab.

Schweiß lief mir den Nacken hinunter. Kleine Kinder verbargen die Gesichter in den Schößen ihrer Mütter. Sie langweilten sich entsetzlich und verstanden nicht, warum die Hände, die ihnen über die Köpfe streichelten, so fahrig waren und mit dem Trösten so schnell wieder aufhörten. Ich hob das Gesicht zum Himmel, doch auch über uns sammelte sich der Dunst der schwülen Luft und der schwitzenden Menge. Der Atem schien mir wie ein schweres, feuchtes Tuch vor dem Mund zu hängen.

»Da ist er«, sagte meine Mutter. Auf der Balustrade des Opernhauses war eine schwarz gekleidete Gestalt erschienen. Ein lautes Knacken drang aus den Lautsprechern, dann dröhnte die Hymne über den Platz. Manche bewegten ein wenig ihre Münder.

Als die Musik verstummte, hob der Mann auf der Balustrade die Arme, und aus den Reihen vorne erklangen Rufe. Zögerlich hoben wir die Hände und hielten dann in der Bewegung inne. Etwas stimmte nicht. Ein Geräusch, ein an- und abschwellendes Rauschen, erfüllte den Platz.

»Was ist das?«, fragte ich.

Hans machte eine Kopfbewegung hin zur Bühne. Verwirrt folgte ich seinem Blick zu den Lautsprechern, denen ich das Geräusch zunächst nicht zugeordnet hatte. Das Geräusch, das ich jetzt als Applaus erkannte.

Misch beugte sich zu uns: »Der Conducător hat Angst, dass wir keine Lust zum Jubeln haben.«

Hans lachte auf. Er lachte so laut, dass einige Leute sich zu ihm umdrehten. Eine alte Frau sah ihn an und legte einen Finger an die Lippen.

»Sei bitte still«, sagte ich und fasste ihn am Ellbogen.

»Wieso? Findest du das nicht lustig?« Seine Stimme bebte, ich erschrak, als er mich ansah. Er war rot im Gesicht und lachte, wie er als Kind gelacht hatte, wenn wir sonntags auf Ioanas Fernseher *Tom und Jerry* schauen durften und der Kater seine pelzigen Finger in einer Mausefalle eingeklemmt hatte. Hysterisch und ein wenig ängstlich.

Misch schob mich grob zur Seite und packte Hans an den Schultern. »Reiß dich zusammen!«, fuhr er ihn an. Hans hörte schlagartig auf zu lachen. Er griff nach Mischs Armen, seine Fingerknöchel traten weiß hervor. Misch keuchte, und ich bekam es mit der Angst zu tun. Mein Vater machte einen Schritt auf die beiden zu, doch meine Mutter kam ihm zuvor. »Hört jetzt auf mit dem Blödsinn! Gleich steht noch einer von der Miliz da.« Sie schlug Hans leicht auf die Finger, ich konnte sehen, dass sie zitterte. Hans ließ Misch so plötzlich los, als hätte er sich verbrannt.

Ich schaute Hans an, der in die Menge stierte. Ich erkannte, dass er sich schämte, aber ich wollte ihn nicht ansprechen, ihn nicht berühren. Auf der Bühne hatte die Rede schon angefangen. Andauernd knackte es aus den Lautsprechern, sodass man kaum ein Wort verstand. Es war nicht wichtig, was er sagte, auch er hatte nur seine eigene Wahrheit, und wir waren es leid, sie zu hören.

Begleitet vom Applaus aus den Lautsprechern wechselte sich die stotternde Stimme fast eine Stunde lang mit den Jubelrufen aus den ersten Reihen ab. Nur wenige um uns herum klatschten noch an den entsprechenden Stellen, langsam und unsicher. Ein heißer Wind war aufgekommen. Ich spürte einen Regentropfen und sah nach oben. Über uns ballten sich die Wolken wie schwarzer Rauch, und ein Grollen war zu hören. Die Leute begannen, mit den Füßen zu scharren.

»Wir werden patschnass, wenn er nicht gleich ruhig ist«, hörte ich hinter uns jemanden sagen. Der Mann neben ihm kicherte nervös.

Schon bald fielen die Tropfen dichter. Der Regen war warm, das Pflaster unter unseren Füßen dampfte. Binnen weniger Minuten regnete es in Strömen. In Ceaușescus Worte mischte sich unwilliges Murren. Schließlich sagte er etwas, und ein Chor aus Stimmen antwortete ihm. Es ging um Stolz und um Achtung. Erneut wurde Musik gespielt, lauter diesmal, als sollte sie das Grollen des Gewitters übertönen.

»Ich glaube, es ist vorbei«, rief mein Vater über die Musik hinweg und deutete nach vorne, wo der kleine Mann die Arme in derselben Geste wie am Anfang nach oben reckte, sich umwandte und im Inneren des Opernhauses verschwand.

Langsam verließen die Leute den Platz. Ein Meer aus Fahnen, die sie sich über die Köpfe hielten, um den Regen abzufangen.

Das Wasser sickerte bereits in meine guten Schuhe. Mutter fluchte, nasse Haarsträhnen klebten ihr auf der Stirn. »Komm, komm«, sagte sie ungeduldig und hakte sich bei mir unter. Ich drehte mich um und suchte Hans zwischen den feuchten Gesichtern. Er war fort.

Herbstliche Kälte kroch in den nächsten Tagen in die Häuser und ließ die Kleider klamm werden. Vom Lackieren schmerzten mir die Muskeln, weil ich ständig versuchte, das Zittern zu unterdrücken.

Hans machte Fehler bei der Arbeit. Einmal hörte ich in der Mittagspause, wie der Vorarbeiter ihn anschrie. Seine Hände und Arme waren von kleinen Schnitten und Kratzern übersät, ich hatte Angst um ihn. Ich dachte an das Heulen der Maschine und an Hans' schlanke Finger, die manchmal so nah an der Schnittstelle lagen, wo die Fräse ihre Zacken ins Aluminium bohrte.

Auf der Heimfahrt schlug der Regen gegen die Zugscheiben. Die Dörfer in der Ferne sahen abweisend aus, die Hausfassaden dunkel vor Nässe. Hans hatte die Arme auf der Rückenlehne vor uns verschränkt und den Kopf darauf gebettet. Dunkelblonde Strähnen fielen ihm über die Augen, ihr Blick hielt nichts fest. Ich hatte ihn nicht gefragt, wohin er gegangen war nach der Rede am Opernplatz. Am nächsten Tag war er nicht am Bahnhof gewesen, ich hatte ihn erst in der Arbeit wiedergesehen.

Er sah sehr jung aus mit dem Kopf auf den Armen und dem Blick im Nichts.

»Glaubst du, der Sommer kommt nochmal wieder?«, fragte er leise.

Ich ahnte, woran er dachte. Die Winter im Dorf waren lang. Sie waren mühsam und schmutzig, und das Zittern war ein Kleidungsstück, das man Tag und Nacht trug. Die wenigen Regentage im September waren Vorboten dieses Gefühls.

»Der kommt schon wieder«, sagte ich. »Du weißt doch, wie das ist im September.«

Hans lächelte matt. »Gehen wir noch auf eine Kerwei?«

Ich zuckte mit den Schultern.

Er ließ nicht locker. »Würdest du mitkommen? Misch geht, ihn hab ich schon gefragt.«

Er schaute mich an, das Haar war ihm wieder ins Gesicht gefallen und hing an seinen Wimpern. Er blinzelte und wischte es fort.

»Ja, gut.« Ich nickte.

Der Zug fuhr in den Bahnhof ein. Als wir ausstiegen, nieselte es nur noch, und die Luft roch wie reingewaschen vom Staub der heißen Tage. Hinter der Kirche sah ich einen Fleck schmutziges Blau am Himmel.

***

Misch sah aus, als hätte er nächtelang nur getrunken. An der Ecke wartete er auf mich.

Ich stieg vom Rad. »Wo ist Hans?«

»Der hatte keine Lust.«

Er schaute auf seine Schuhe und rieb sich den Nacken, als hätte er Schmerzen. Er brachte es nicht fertig, mich anzusehen. Am liebsten hätte ich ihn geschüttelt. So lange, bis das Erdbeben wieder in ihm gewesen wäre.

»Also gehen wir allein?«, fragte ich, lauter als beabsichtigt.

»Ja«, er hob gereizt den Kopf, »dann gehen wir halt allein.«

Ich nickte und packte den Lenker so fest, dass meine Hände schmerzten. Wir fuhren langsam. Es war die Zeit, in der die Kühe von der Weide zurückkehrten, getrieben von Stöcken und schnalzenden Zungen. Schon von Weitem hörte ich ihr Schnauben und sah die Staubwolke, die sie umgab. Wir stiegen von den Rädern und bahnten uns einen Weg durch die warmen Leiber. Eine Weile hörte man nur ihren schweren Atem und das Knirschen der Hufe auf dem Schotter.

Als wir die Kühe hinter uns gelassen hatten, umfing uns der vom Mais gesäumte Feldweg wie ein Mantel, den man anzieht, nachdem er draußen in der Kälte gehangen hatte. Kukruzbrechen. Früher hieß das einen ganzen Tag Arbeit, und am Abend schälte man Maiskolben und erzählte dabei Geschichten. Heute klang das Wort wie eine zufallende Tür.

Bald mischte sich in die späten Vogelrufe der Klang von Musik. Es war nicht mehr weit. Sonst waren wir immer zu dritt gewesen, wenn wir zu den Kirchweihen fuhren. Da hatte ich Misch ab und zu noch mit einem Mädchen gesehen, über das Hans und ich ihn danach ausfragten. Irgendwann fragte ich nichts mehr, und Misch saß bald den ganzen Abend nur bei uns. Dann tanzten wir auch nicht, sondern wir tranken und schwiegen. Wir schauten den anderen beim Tanzen zu wie alte Leute, so als sähen wir etwas, das für uns bereits vergangen war. Es hatte lange gedauert, bis ich gemerkt hatte, wie froh ich darüber war, dass Misch nicht mehr mit fremden Mädchen tanzte.

Wir lehnten die Fahrräder an einen Zaun. Am Platz vor dem Gemeindehaus standen Tische neben einer kleinen

Bühne, auf der die Kapelle spielte. Einige Leute tanzten, manche trugen ihre bunte Tracht.

»Ich hol uns Wein«, sagte Misch und verschwand in der Menge.

Mich überkam der Drang fortzulaufen. Nach Hause, wo ich jetzt oft die Hand an die Wand legte und spürte, dass das Zimmer dahinter leer war. Ich hatte es nicht betreten seit dem Morgen, als die Kerze dort flackerte. Ich sah mich um. Menschen redeten und küssten einander zur Begrüßung oder zum Abschied. Ich hätte zu Hans gehen können, auf einmal wünschte ich es mir. Auch das Zimmer neben seinem war leer, und ich glaubte, dass er auf alles eine Antwort gewusst hätte.

»Anna?« Misch war zurück. »Setzen wir uns hin?«

Er klang jetzt ruhiger. Wir ließen uns an einem der Tische nieder und tranken zu schnell von dem starken Wein. Die Abendsonne gab den Hauswänden einen dumpfen, roten Anstrich.

Die Musik machte eine Pause, die Tanzenden zerstreuten sich. Ich war erleichtert darüber, kein bekanntes Gesicht zu sehen. Misch starrte auf die Tischplatte und rieb an einem dunklen Fleck im Holz herum.

»Wir müssen fort. Vor der Kukruzernte«, sagte er unvermittelt.

»Darüber willst du jetzt reden?«

»Worüber willst du sonst reden?«

Über das Erdbeben. Aber vielleicht kannte er das Gefühl doch nicht, das den ganzen Tag anhält. Das wie ein Zittern im ganzen Körper sitzt.

Ich schüttelte den Kopf. »Ich will jetzt nicht übers Abhauen reden, Misch.«

»Es ist aber das Einzige, worüber wir reden sollten.« Er schloss die Hände um das Glas. »Wir gehen ohne Hans.«

»Was?«

»Wir müssen.« Misch sprach jetzt schnell, seine Finger zitterten, als er das Glas losließ. »Wir müssen, Hans ist vielleicht ein Spitzel. Er war bei der Miliz vor ein paar Wochen. Ich hab es nur durch Zufall erfahren, weil seine Mutter etwas erwähnt hat.« Er zögerte kurz. »Ich wollte mit ihm reden, Anna. Ich wollte von ihm wissen, was passiert ist, was sie ihn gefragt haben. Und da hat er mich angelogen. Er hat gesagt, er war nicht bei der Miliz.«

Ich stellte mir vor, wie Hans an einem Metalltisch saß, unter einer grellen Lampe, einem Mann gegenüber, und über uns redete. Es war lächerlich.

»Hans verrät uns nicht«, sagte ich.

»Dann hast du was nicht mitbekommen.« Misch beugte sich nach vorn. »Wenn sie dir mit deiner Familie kommen, mit denen, die mit dem Abhauen gar nichts zu tun haben, dann redest du. Du redest über alles, was dir einfällt. Oder du bezahlst. Aber Hans hat nichts zum Bezahlen.«

Die Musik fing wieder an zu spielen. Leute zogen einander lachend zur Tanzfläche. Misch legte seine Hand auf meine, die Haut war grau von Öl und Arbeit. Ich hätte sie gerne umschlossen und gesagt, dass das alles nicht wahr sei. Dass Hans mit uns kommen könne. So wie wir es geplant hatten in den Nächten, wenn wir allein auf den Feldwegen unterwegs waren und laut reden durften.

»Wir können ihn nicht einweihen«, sagte Misch. »Du hast doch gesehen, wie er am Opernplatz war. Etwas stimmt nicht mit ihm.«

Ich leerte mein Glas in einem Zug und erhob mich. Der

Wein sackte schwer in meine Glieder. Misch stand auf, wir drängten uns zwischen den Tischen und Leuten hindurch auf die Tanzfläche.

Mischs Atem roch nach Wein, als er mich umarmte. Wir taumelten mehr, als dass wir tanzten. Lächelnde Münder drehten sich an uns vorbei, ein Karussell aus Gesichtern. Ich wollte die Augen schließen, doch ich hatte Angst vor dem Schwindel. Unser Atem beschleunigte sich, und dort, wo Mischs Hände lagen, spürte ich meine Bluse feucht werden auf der Haut. Der saure Wein stieg mir in den Rachen. Ich schob Misch von mir fort. »Gehen wir nach Hause«, rief ich über die Musik hinweg. Ich drehte mich um und lief zu meinem Fahrrad.

Ich hörte die kratzenden Pfoten des Hundes im Hof. Er wusste, dass ich es war, noch bevor er mich sah. Vor den Sternen hingen zerrissene Wolken, die Luft war nass und kühl. Es war noch zu früh für die Dunkelheit im Haus, zu früh, um sich vor der Stille hinter der Wand zu fürchten. Orte verlieren ihre Bedeutung, wenn jemand fort ist. Dann erst merkt man, dass sie nichts anderes sind als Orte.

Ich ließ das Fahrrad stehen und nahm den Weg, den ich vor Jahren einmal mit klopfendem Herzen und irgendwann nur noch aus Gewohnheit gegangen war. In den Höfen saß keiner mehr, und nur hinter wenigen Fenstern war Licht. Viele waren verschlossen, die Dunkelheit dahinter war leer. Manche hatten ihre Türen vernagelt, bevor sie fortgegangen waren. Als müssten sie etwas schützen, was ihnen doch nie wieder gehören würde.

Auch Hans' Haus war dunkel. Lange stand ich davor und wusste nicht, was ich tun sollte. Ich war viele Male hier gewesen und hatte mich nie gefragt, ob ich hineingehen sollte. Ich warf einen kleinen Stein gegen sein Fenster. Es brauchte vier weitere Steine, bis die Läden in den Angeln quietschten und Hans den Kopf nach draußen streckte.

»Hans«, flüsterte ich.

Er zuckte zusammen und sah nach unten.

»Ich hab schon geschlafen«, sagte er leise und fuhr sich durch das wirre Haar.

Ich zögerte. »Kann ich reinkommen?«

Fragend sah er mich an. »Ja. Moment, ich mach dir auf.«

Hans schloss das Fenster, und bald darauf hörte ich seine Schritte im Hof. Das Tor öffnete sich.

»Warst du mit Misch auf der Kerwei?«

Ich nickte und suchte vergeblich nach einem Schatten von Misstrauen auf seinem Gesicht. Hans liebte, ohne zu fragen. Seine Eltern, mich, meine Großmutter, Misch. Und seinen Bruder, über den er nicht sprach. Wahrscheinlich liebte er auch das Dorf, das er jeden Tag verfluchte.

Wir gingen leise ins Haus. Wie in einem hundertmal gespielten Spiel übersprangen wir die knarzenden Stufen auf der Stiege. Es war eine Erinnerung an früher, als wir im Dunkeln nach oben geschlichen waren, damit seine Eltern uns nicht hörten. Wir hatten flüsternd gelacht. Danach war es immer schwer gewesen, aus dem warmen Bett aufzustehen und in die Nachtluft hinauszugehen. Hans wartete vor dem Tor, bis ich mich am Ende der Gasse noch einmal umdrehte und ihm zuwinkte.

Die Gewohnheit war stärker als mein Gewissen, als ich mich in Hans' schmales Bett legte. Er sah mich verwirrt an und blieb im Zimmer stehen, als wäre es nicht seines. Ich streckte die Hand aus wie ein Kind. Auch meine Sehnsucht war kindlich. Wenn ich ein Kind gewesen wäre, hätte ich Hans einfach fragen können, was ich tun sollte. Doch ich konnte nicht fragen. Ich konnte nur seine Hand nehmen und an die Hände all derer denken, die hierbleiben würden, wenn ich fortginge. Hände in Bärten, in Haaren, über Augen, Hände, die sich verschlangen, bis die Knöchel schmerzten. Hände an Wänden. Hände, die den Mais brachen. Die über glatte Bettlaken strichen, die über einem leeren Papier zitterten. Die in Schößen lagen und hofften, dass der Winter vorbeiging, wenn im Garten alles zugewachsen war vom Schnee.

Hans' Hände fuhren unter meine Kleider, und ich ließ ihn. Wahrscheinlich wusste er alles und stellte deshalb keine Fragen.

Später wachte ich auf und wollte etwas sagen. Es brannte mir in der Kehle, doch ich hatte die Worte im Traum gelassen. Draußen war es noch dunkel, nur am Horizont öffnete sich ein Spalt grauen Lichts. Im Zimmer war es kalt, und ich fror unter der Decke.

Hans schlief weiter, als ich die Tür öffnete. Ich drehte mich um. Sein Gesicht lag im Dunkeln. Ich hatte es lange nicht mehr friedlich gesehen, die Versuchung war groß, zurückzugehen und ihm das Haar aus der Stirn zu streichen. Doch ich hätte ihn aufgeweckt, und das Bewusstsein hätte die Unruhe wieder in sein Gesicht gebracht. Und ich hätte mich fragen müssen, was Hans erzählt hatte, in dem Raum ohne Fenster, während seine Augen der Hand folgten, die sich auf einem Blatt Papier Notizen machte.

Der schwarze Hund schlief nicht, als ich nach Hause kam. Armes Tier. Er drückte sich an meine Beine. Ich strei-

chelte ihn, und er erstarrte, sodass ich ihn schnell wieder
losließ. Doch als ich zur Tür ging, folgte er mir. In seiner
Haltung schien der Wunsch nach einer Berührung verborgen. Wenn er ein Mensch gewesen wäre, er hätte sich längst
aufgehängt.

***

Der Sonntag roch nach Maische und Arbeit. Mit jeder Traube, die wir von den Reben schnitten, lichtete sich das Dach
über unseren Köpfen. Stundenlang knirschte die Quetsche,
und brauner Saft ergoss sich gurgelnd in einen Bottich. Immer wieder griffen wir in die Eimer mit den aussortierten
Beeren, bis wir alle über Bauchschmerzen klagten.

Am Morgen war Ioana zu uns gestoßen, um uns bei der
Traubenernte zu helfen. Als sie in den Hof kam, zog sie Hans
hinter sich her wie einen Welpen, den sie auf der Straße gefunden hatte.

»Kommst du zum Helfen?«, fragte mein Vater und drückte ihm einen Eimer in die Hand. Hans nickte zerstreut und
schaute zu mir herüber. Als er sich länger nicht rührte, hob
ich die Augenbrauen und deutete auf die Weinreben. Hastig
drehte Hans sich um und stellte eine Leiter auf.

Ioana grinste. Sie stieß mir den Ellbogen in die Rippen.
»Pass auf, ich glaub, der hat eine andere.«

»Ja? Dich vielleicht?« Ich wusste nicht, wann wir das letzte Mal so miteinander gelacht hatten.

Die Stunden vergingen leicht. Wir arbeiteten bis spät in

den Nachmittag hinein, die meiste Zeit schwiegen wir, versunken in die eingeübten Handgriffe. Wenn Hans und ich zur selben Zeit an die Quetsche traten, um die Eimer zu leeren, trafen sich unsere Blicke. Dann sah er so aus wie am Morgen, als er schlafend im Bett gelegen war.

Darüber war ich so froh, dass mir alles andere entging. Ich befüllte Eimer, sortierte Trauben und bemerkte dabei das Unbehagen nicht, das die ganze Zeit mit uns im Hof war. Ich bemerkte auch nicht die Anspannung meines Vaters und das sorgenvolle Gesicht meiner Mutter. Mir fiel nicht auf, wie Ioana die beiden ansah, mit immer größer werdendem Verstehen, das schließlich einem traurigen Entsetzen wich.

Am frühen Abend stellten wir die Eimer weg und sanken in die Stühle im Hof. Müdes Vogelgezwitscher flackerte in der Luft. Mein Vater ging ins Haus und kehrte mit einer Flasche und Gläsern zurück. Er brachte den Wein vom letzten Jahr. Wir nippten daran, er schmeckte bereits süßlich und schal.

Eine Weile saßen wir so, zufrieden und erschöpft. Zumindest dachte ich das. Bis ich merkte, wie meine Eltern einen Blick wechselten. Wie mein Vater sich gerader hinsetzte und mehrmals tief Luft holte.

»Es gibt Neuigkeiten.« Er schaute zu meiner Mutter, doch sie starrte aufs Tischtuch und rührte sich nicht. »Ich hab die Ausreisegenehmigung bekommen«, fuhr er fort.

Aus den Augenwinkeln sah ich, wie Hans sich aufrichtete und die Hände um die Armlehnen schloss.

»Und was noch, Tata?« Ich schämte mich für meine Angst, die alle hören konnten.

Mein Vater sah verzweifelt aus, doch als er sprach, war es,

als duldete er keinen Widerspruch. »Ich bleibe in Deutschland«, sagte er. »Ich versuche, euch nachzuholen.«

Der Hof verschwamm vor meinen Augen, als stünde er unter Wasser. Alle waren still. Alle außer Hans. Er rieb sich über die Arme, als wäre ihm kalt, und rutschte bis nach vorne an die Stuhlkante. Seine Schuhe scharrten am Boden. Ich sah ihn an.

»Ich muss jetzt leider gehen.« Hans stand auf, so ruckartig, dass er sein Glas umstieß. Wein lief über den Tisch, aber keiner achtete darauf.

Meine Mutter öffnete den Mund, wie um etwas zu sagen, doch Hans ging schon mit raschen Schritten über den Hof. Hektisch riss er an der Klinke und lief hinaus auf die Straße, ohne sich noch einmal umzudrehen. Das Tor ließ er offen stehen.

Keiner von uns sprach. Je länger wir dort saßen und uns nicht rührten, desto lauter wurde es in unseren Köpfen. Mein Vater, der die Hände rang. Meine Mutter, die den Blick nicht von der Tischdecke wandte, und Ioana, die das Tor anstarrte und, die Stirn in Falten, an etwas dachte, von dem ich auf einmal wusste, was es war, als sie mich ansah.

Da erst begann ein Gedanke so laut zu werden, dass ich ihn nicht mehr überhören konnte. Mir fiel ein, was Misch gesagt hatte. Und auf einmal schien es mir möglich, dass bei dem Geständnis meines Vaters ein Verräter zugehört hatte.

Mischs Haus lag am Dorfrand. Beinahe einsam stand es da und malte seine schwarze Silhouette vor die dahinterliegenden Felder. Ich wusste, dass Misch im Sommer selten ins Haus ging, bevor es dunkel wurde. Er mochte die düsteren

Stuben nicht, die in den Wintermonaten lange genug wie ein Gefängnis waren.

Ich lief am Haus vorbei Richtung Feldweg und zwischen die Maispflanzen. Nach wenigen Metern konnte ich durch den Mais schon den Garten hinter dem Haus sehen. Misch stand mit dem Rücken zu mir vor dem Verschlag mit den Gerätschaften. Ich beobachtete, wie er den Arm hob, kurz wartete und dann mit einer kräftigen Bewegung etwas in die Luft warf. Ein Schatten huschte durch den Garten.

Er spielte mit dem Hund. Ich kannte sonst niemanden, der das tat. Als ich aus dem Maisfeld trat, bemerkte mich der Hund zuerst. Er stemmte die Pfoten in den Boden, im Dämmerlicht erkannte ich, dass er die Zähne zeigte. Er knurrte. Misch drehte sich um und fuhr zusammen, als er mich entdeckte. Dann kam er näher, und ich sah den Schrecken in seinem Gesicht.

»Ist was passiert?« Seine Stimme schwankte.

»Mein Vater geht fort«, sagte ich. »Ich gehe mit dir, vor der Kukruzernte.«

Ich wartete darauf, dass Misch mich etwas fragen würde. Dass er wissen wollte, ob ich mir sicher sei. Doch er packte meine Schultern und zog mich zu sich. Er umarmte mich so fest, als wollte er mich ersticken. Er ließ nicht los, auch nicht, als ich die Hände gegen seinen Bauch stemmte. Er packte mich nur fester.

»Er kommt nicht zurück.« Ich hasste mich für die kleine Stimme, die in dem abendlichen Garten so verzweifelt klang, dass selbst der Hund Mitleid zu haben schien. Er duckte den Kopf zwischen die Pfoten und schnaufte.

Misch trat einen Schritt zurück und schaute mich an. »Gehen wir ein Stück«, sagte er leise.

***

Bis in den Bäumen die Vögel erwachten und von den Höfen die ersten Hahnenschreie zu hören waren, saßen Misch und ich im Feld, an einen Weidezaun gelehnt, und sprachen kaum. Wie gelähmt fühlten wir die Zeit vergehen.

Ich schreckte auf, als die Kirchenglocke sechs Uhr schlug. »Wir müssen los«, sagte ich, und Misch nickte geistesabwesend. Wir klopften uns Staub und Grashalme von den Kleidern und nahmen den Feldweg zurück zum Dorf. Hinter den Häusern sah ich ein Glühen wie von entfernten Feuern. Die Sonne ging auf. Vor Mischs Tor blieben wir stehen. Er rieb sich den Nacken und sah zu Boden. »Dein Vater macht das Richtige. Er macht es für euch.«

»Ich weiß.«

Misch versuchte, zum Abschied zu lächeln. Als das Tor ins Schloss fiel, lauschte ich auf seine Schritte, die sich so langsam entfernten, als ginge dort im Hof ein alter Mann.

Ich fürchtete mich davor, nach Hause zu kommen. Die Stunden, in denen ich fortgewesen war, würden nichts verändert haben.

Im Hof fiel mir als Erstes auf, dass niemand den Tisch abgeräumt hatte. Die Stühle standen weggerückt, so als wären wir gerade erst aufgestanden. In den Gläsern schwammen tote Fliegen in den Resten vom Wein. Alles sah aus, als wären wir vor einem Unglück geflohen, ohne uns noch einmal umzudrehen. Rasch ging ich zum Tisch, rückte die Stühle zurecht und goss den Wein in die Sickergrube.

Ich wandte mich um und erwartete, meine Mutter in der Tür stehen zu sehen, bleich und wütend, doch nur der leere Türrahmen klaffte dort in der Wand. Ich dachte daran, wie ich sie einmal verloren hatte, als ich als Kind mit ihr auf dem Markt gewesen war. Wir hatten uns wegen irgendetwas gestritten, ich entwand mich ihrem Griff und lief fort. Als ich mich wieder umdrehte, war sie nirgendwo zu sehen. Ich drängte mich durch die Menge, und nachdem ein fremder Blick nach dem anderen über mich hinweggeglitten war, war ich mir sicher, dass ich meine Mutter nie wieder sehen würde.

Ich ging in die Wohnküche. Meine Mutter stand am Spültisch. Sie musste mich gehört haben, doch sie wandte sich nicht um. Erst als ich die leeren Gläser auf die Anrichte stellte, sah sie mich an. Sie öffnete den Mund und schloss ihn wieder. Dann beugte sie sich über den Tisch, goss Wasser in den Weidling und schüttelte den Kopf, so heftig, dass sich Haare aus dem Knoten in ihrem Nacken lösten.

Ich ging die enge Stiege nach oben und fühlte jede Kerbe des Holzgeländers unter den Fingern. In mein Zimmer fiel bereits die Morgensonne, in ihrem hellen Strahl tanzte der Staub. Das Licht war so klar an diesem Morgen, es beleuchtete alles, jeden Riss in der Wand, die dunklen Stellen im Holzboden. Der Jesus über dem Bett blitzte silbern auf seinem Kruzifix, im Regal lag meine einzige Puppe, und ihre Knopfaugen glänzten matt unter einer dünnen Staubschicht. Ich setzte mich auf die Bettkante und vergrub das Gesicht in den Händen. Sie rochen nach den Grashalmen, die ich die halbe Nacht aus der Erde gezogen hatte, mit nichts als einem einzigen Gedanken im Kopf.

Ich musste meinen Vater warnen. Ihm sagen, dass sein Plan nicht aufgehen würde, dass er vielleicht schon bald in einer Akte stand. Wieder und wieder sah ich Hans vor mir. Hans, der Tränen lachte am Opernplatz. Sein gehetzter Blick, bevor er aus dem Hof stürmte. Hans, der nicht dagewesen war, als Misch und ich auf der Kirchweih tanzten.

Die Uhr an der Wand schlug ihren Takt zu den Bildern, die einander in meinem Kopf abwechselten. Sie erinnerte mich daran, dass ich zur Arbeit musste.

Ich zog mich um und ging nach unten. Auf dem Küchentisch stand ein Teller mit Brot und Marmelade, meine Mutter saß daneben und schaute aus dem Fenster. Ich setzte mich und aß, den Blick auf das Essen gerichtet. Ich wagte es nicht, sie anzusprechen. Hin und wieder drangen Geräusche, die nur der Morgen hatte, in die Stille im Raum. Ein Pferdewagen, der durch den Schotter knirschte. Die Hähne, die noch immer keine Ruhe gaben. Die klirrenden Ketten, wenn die noch müden Hunde sich im Staub wälzten. Und dazu knarzte das Haus über unseren Köpfen, als ginge im oberen Stockwerk jemand auf und ab.

Bis ich mich erhob, das Geschirr wegräumte und zur Tür ging, saß meine Mutter regungslos da und sprach kein Wort. Erst als ich schon in der Tür stand, drehte sie sich zu mir, legte eine Hand auf die Stuhllehne und sagte: »Gib acht auf dich.«

Ich nickte, und sie wandte sich wieder zum Fenster um.

Wenn ein einziges Ereignis an einem weit zurückliegenden Tag anders verlaufen wäre, stünden wir uns jetzt vielleicht näher. Ich könnte ihr alles sagen und sie alles mir. Doch vielleicht hatte sie mich einmal fallen sehen als Kind, von einem Baum, der für meine dünnen Knochen zu hoch war. Womöglich hatte sie sich ausgemalt, was Schlimmes hätte passieren können. Hatte in mein verheultes Gesicht geschaut und sich gedacht, dass es weitaus weniger schmerzhaft war, seine Angst zu verbergen. Dass seine Angst zu zeigen, bedeutete, sie nur noch größer zu machen.

***

Die Zeit bis zur Ernte verging zu schnell. Meine Eltern quälten sich mit einem falschen Lächeln durch die Tage. So als könnte man mir die Wahrheit nicht zutrauen, schwiegen sie, oder redeten darum herum. Ich hörte sie flüstern, wenn ich oben im dunklen Flur stand und meine Ohren so sehr anstrengte, dass mir alles wehtat. Aber wenn ich die erste Stufe nahm, die unter meinem Tritt knackte, verstummten sie und rangen sich ein Lächeln ab, sobald ich in die Küche kam.

Hans war der Schlimmste von allen. Bleich und schweigsam saß er neben mir im Zug und kaute in der Mittagspause so langsam, dass ich meinte, das Essen müsse ihm aus dem Mund fallen. Wenn er redete, brachte er kaum einen Satz zu Ende. Und mit keinem Wort erwähnte er den Abend, an dem er so plötzlich aufgestanden und fortgerannt war.

Ich ging normalerweise fast nie in die Kirche. Die Pfarrer, die uns in der Schule unterrichtet hatten, waren böse alte Männer gewesen. Ich hatte ihretwegen Angst vor Gott bekommen und mich lieber in den Aberglauben meiner Großmutter geflüchtet. Die hatte, als ich ein Säugling war, eine Nadel erhitzt und mir einen roten Faden durchs Ohrläppchen gestochen, um mich vor bösen Geistern zu schützen.

Kurz vor der Kukruzernte aber ging ich andauernd in die Kirche. Ich saß in der harten Bank und starrte auf die Kerzen, bis mir bunte Lichter vor den Augen tanzten. Ich stemmte die Füße in die Kniebank und verfluchte den Moment, als wir angefangen hatten, bei diesem Versteckspiel mitzumachen. Ich hatte gedacht, wir wären die letzten ehrlichen Menschen, jedes Mal, wenn ich Geschichten gehört hatte von Leuten, die abhauten und niemandem ein Wort sagten. Von Leuten, die in das Haus der Miliz gingen, und jeder wusste, dass sie dort Geld auf den Tisch legten, obwohl sie geschworen hatten, das niemals zu tun.

Abend für Abend saß ich mindestens eine Stunde in der Kirche und hörte, wie nach und nach die alten Frauen kamen. Ich beobachtete, wie sie sich bekreuzigten und Kerzen anzündeten. Manche setzten sich wie ich in eine Bank und schlossen die Augen. Ich konnte hören, wie schwer sie atmeten, wenn sie eingeschlafen waren. Manche fingen leise an zu weinen, dann kam ich mir vor wie jemand, der ohne anzuklopfen in ein fremdes Zimmer tritt. Ich war ein Eindringling, mehr nicht.

An einem Abend kam Misch in die Kirche. Eine Weile stand er im Mittelgang, die Hände vor dem Schoß gefaltet, dann bekreuzigte er sich und zwängte sich umständlich neben mich. Unsere Knie berührten sich. In einer der ersten Reihen saß eine alte Frau, der Kopf war ihr auf die Brust gesunken.

»Ich war bei dir zu Hause«, flüsterte Misch, den Blick nach vorne gerichtet, als wären wir beim Gottesdienst. »Deine Mutter hat gesagt, dass du hier bist.«

Die Frau regte sich, und Misch setzte sich gerader hin. Er neigte den Kopf zur Seite. »Was machst du denn hier?«

Fluchen. Doch das konnte ich ihm nicht sagen. Misch war ein gläubiger Mensch, ich wollte ihn nicht beleidigen. Der Gedanke ließ mich lachen. Erschrocken griff Misch nach meiner Hand. Die alte Frau war aufgewacht und reckte den Kopf zum Altar.

Sein Griff wurde fester, und ich dachte, es könnte ganz einfach sein. Seine Hand festzuhalten, so lange, bis der Morgen am Himmel stünde und unser Dorf so weit weg wäre, dass man es vergessen musste. Trotzdem glaubte ich, ich müsste das Heimweh noch an meine Kinder vererben. Sie würden nachts von braunen Feldern träumen, auf denen im Spätsommer die trockenen Sonnenblumen raschelten.

»Anna, bitte, gehen wir woanders hin.« Misch sah mich an. Die eine Hälfte seines Gesichts lag im Licht der flackernden Kerzen, die andere im Dunkeln. Ich hob die Hand und legte sie an seine Wange. Ich versuchte, ihn zu küssen, aber er wandte den Kopf ab und rückte weg von mir. Er schaute zu der alten Frau hin, die gerade langsam aus der Bank rutschte und ächzend die Füße auf den roten Teppich setzte. Wir sahen zu, wie sie sich schwankend hinkniete und bekreuzigte. Als sie mit kleinen, unsicheren Schritten an uns vorbeiging, hatte sie den Blick auf ihre Füße geheftet. Sie schien uns nicht einmal zu bemerken.

Die Tür quietschte und fiel ins Schloss. Misch saß noch immer einen halben Meter von mir entfernt. »Bitte«, sagte er noch einmal, »wollen wir gehen?« Ich nickte.

Ich wartete an der Tür, bis er sich bekreuzigt hatte. Draußen war es dunkel. Ich war müde, doch ich wollte nicht nach Hause gehen. Ich wollte nicht hören, wie meine Eltern flüsterten und dann wieder verstummten.

Misch stellte sich vor mich und sah mich an. »Was ist mit dir?« Er hob die Hände, als wollte er mich an den Schultern packen, und ließ sie wieder fallen.

»Ich bin wütend«, sagte ich und sah zur Seite, irgendwo in die Straße, wo nichts war als Dunkelheit.

Als ich von der Kirche zurückkam, war es bereits später Abend. Meine Mutter war im Haus, um sich zu waschen, bevor sie zu Bett ging. Um die Petroleumlampe im Hof schwirrten die Motten. Mein Vater verriegelte das Tor.

Es kam selten vor, dass wir allein waren. Die letzten Tage vor der Kukruzernte machten mir erst bewusst, wie selten ich meinen Vater sah, wie wenig wir sprachen und dass wir kaum etwas voneinander wussten. Seitdem er mir gesagt hatte, dass er fortgehen würde, beobachtete ich ihn genauer. Dabei kam mir immer wieder der Morgen nach dem Tod meiner Großmutter in den Sinn. Die Angst, als ich seine Tränen gesehen hatte. Womöglich hatten sie mich mehr geängstigt als ihr Tod.

Mein Vater war verschwunden hinter dieser Gestalt am Tisch, mein Vater, den ich nie zuvor hatte weinen sehen. In meiner Erinnerung gab es nur noch seinen Schmerz. Er war wie ein Spiegel, in dem ich mich selbst dastehen sah, voller Entsetzen vor der Einsicht, dass meine Eltern litten, ständig, ohne es mich merken zu lassen.

Seufzend verschränkte mein Vater die Arme und sah zum Himmel. Er war klar und so übersät von Sternen, dass das Schwarz beinahe verschwand unter den weißen Punkten ausgeschütteten Lichts.

»Gut, dass der Mais bald wegkommt«, sagte er. Er meinte den nahenden Frost. Mein Mund wurde trocken. Es würde nicht mehr viele Gelegenheiten geben, um mit ihm über Hans zu sprechen.

»So.« Er schlug die Hände zusammen. Als ich ihn noch einmal zurückrief, war er bereits bei der Haustür.

»Tata.« Er hielt inne, ich holte Luft. »Ich muss dir –«, fing ich an, doch plötzlich begann er, sich hektisch nach allen Seiten umzuschauen.

»Hast du den Schlüssel für den Schuppen gesehen?«, fragte er zerstreut. Er bückte sich, sah unter den Tisch und verrückte die Stühle.

Ich schüttelte den Kopf. »Ich wollte...«

»Ich such ihn schon seit heute Morgen«, unterbrach er mich. Er zuckte die Schultern und lachte.

Fassungslos schaute ich ihn an. »Nein«, sagte ich und unterdrückte das Bedürfnis, ihn anzuschreien. »Nein, ich hab deinen Schlüssel nicht gesehen.«

Für einen Moment sah er unsicher aus. Ich wartete, doch es blieb still.

»Gute Nacht«, sagte ich.

Er senkte den Kopf. »Schlaf gut, Kind.«

***

Übernächtigt stand ich am Fließband, der Kopf tat mir weh vor Müdigkeit. Ich war erst im Morgengrauen eingeschlafen und fürchtete mich vor der kommenden Nacht. Ich würde stundenlang laufen müssen, und ich fragte mich, ob das überhaupt zu schaffen war, wenn man in all den Nächten zuvor nicht geschlafen hatte.

Ungeduldig packte ich den Pinsel fester und fuhr ein zweites Mal über eine Stelle, wo noch Draht durchschimmerte. Ich hatte nicht bemerkt, dass Loredana nicht mehr neben mir stand. Mir wurde erst bewusst, dass etwas nicht stimmte, als ich unter dem vielstimmigen Lärm der Maschinen einen langgezogenen Schrei vernahm. Ich hob den Kopf. Einige Frauen sahen einander alarmiert an, während andere schon in die zweite Halle eilten, wo den ganzen Tag die Fräsen heulten. Zitternd legte ich die Spule und den Pinsel auf die Arbeitsplatte.

Ich verließ meinen Platz und lief zu dem Tor, durch welches man in die andere Halle gelangte. Ein Zetern drang an mein Ohr. Ich wandte mich um. Der Vorarbeiter überholte mich und stellte sich mir in den Weg. Er schrie, ich solle mich wieder an die Arbeit machen. Ich schob den Mann so heftig beiseite, dass er stolperte.

Ich ging an den Fräsen vorbei. Sie standen still, niemand war an seinem Platz. Am Ende des Ganges sah ich eine Gruppe von Arbeitern, die um etwas herumstanden. Zwei Frauen kamen mir entgegen, die eine war blass und hielt sich die Hand vor den Mund. Als ich die Gruppe erreichte, drehte sich Loredana zu mir um. Ihre Augen waren aufgerissen, sie hatte rote Flecken auf den Wangen.

»Was...«, fing ich an, aber es fiel mir nicht ein, was ich fragen musste, und Loredana schüttelte nur den Kopf. Ich drängte mich durch die Menge. Keiner beachtete mich, alle starrten nur auf etwas, was ich noch nicht sehen konnte.

Zuerst sah ich das Blut. Es war überall auf dem grauen Boden. Ich sah noch etwas anderes, etwas, von dem ich wusste, was es war, doch als ich es dort liegen sah, fiel mir sein Name nicht ein. Ich konnte es nicht in Verbindung bringen mit dem Namen, weil es so abwegig war, dass es da liegen konnte wie ein verlorener Gegenstand.

Hans war voller Blut, sein Hemd glänzte davon. Er starrte in die Menge der Umstehenden. Selbst in seinem Gesicht war Blut, drei dicke rote Punkte auf der Wange, die in drei blassen Streifen mündeten. Er kniete auf dem Boden und hielt jemanden im Arm. Einen Mann, der grau im Gesicht war und weinte. Hans' Blick und meiner trafen sich. Er bewegte die Lippen, ununterbrochen, ohne dass ein Laut zu hören war.

Als zwei Sanitäter kamen und den Mann aus Hans' Armen lösten, blieb er sitzen. Er rührte sich nicht, nur seine Lippen bewegten sich weiter in dem stummen Zwiegespräch. Ich eilte zu ihm und ging neben ihm in die Knie. Ich hatte sein Gesicht noch nie so klar gesehen.

Ich zog ihn an mich. Schlotternd hob er die Arme und packte mich wie jemand, der zu ertrinken droht. Er zitterte, die ganze Zeit über, in der wir dort saßen und das Blut allmählich auch mein eigenes Hemd zu durchtränken begann.

***

Es war die letzte Nacht vor der Kukruzernte. Ich saß im Bett, an die kühle Wand gelehnt, um nicht einzuschlafen. Ein paar Mal geschah es doch, dann träumte ich von Misch, wie er über das abgeerntete Feld rannte, und es packte mich ein Entsetzen, das mich wieder wach werden ließ.

Nach drei Uhr schlief ich nicht mehr ein. Ich ging auf den Flur, die Tür zum Schlafzimmer meiner Eltern war angelehnt. Ich trat einen Schritt näher. In meinen Ohren rauschte das Blut, sodass ich zunächst vergeblich auf den Atem meines Vaters lauschte. Erst als ich eine Weile dort stand und die Augen schloss, konnte ich das Pfeifen aus seiner Nase hören. Ich dachte an den nächsten Morgen und daran, wie sie das gemachte Bett sehen würden. Und dann würden sie warten und sich ängstigen. Tag für Tag erwachen, in seligem Vergessen zunächst, bevor ihnen die Angst wieder einfiele. So wie das Licht durch die Fensterläden fällt, jeden Morgen aufs Neue.

Alle Wut auf sie war verraucht. Ich wusste nicht, wann ich sie wiedersehen würde. Und ich würde sie nie wiedersehen, ohne mich an diese Nacht erinnern zu müssen. Die Nacht, in der ich sie einfach verließ, während sie schliefen.

Ich versuchte, einen Blick auf ihre Gesichter zu erhaschen, doch ich hätte die Tür weiter öffnen müssen, um auf das Bett schauen zu können. Erst jetzt wurde mir bewusst, wie ich sie den ganzen Tag lang gemieden hatte, in der Angst, sie könnten bemerken, dass unser kleines Leben die kommende Nacht nicht überdauern würde. Deshalb war mir kein Bild von ihnen geblieben von diesem Tag. Und nun, wo ich sie endlich hätte anschauen können, war mir eine Tür im Weg.

Draußen war es septemberkalt. Meine Kleider wurden klamm, als ich in den Hof ging. Der schwarze Hund war wach. Er hatte nasses Fell und schlotterte, vor Kälte und vor Liebe, wenn es stimmte, was meine Großmutter gesagt hatte. Er ahnte wohl etwas, denn er warf sich auf den Boden und krümmte und streckte sich im Staub. Ich hielt ihm das Maul zu, damit er nicht winselte. Da wurde er still und sah mich an, noch immer zitternd, und ich hätte ihm gerne gesagt, er solle aufhören, sich so zu quälen, es würde ohnehin keinen Tag mehr geben, an dem er mich um Verzeihung bitten konnte. Doch vielleicht lebte er von der Schuld, vielleicht war es die einzige Art, wie er lieben konnte. Und wenn es so war, dann musste ich ihn lassen.

Vor dem Tor schaute ich lange zurück auf das Haus. Erst als ich irgendwo einen Fensterladen schlagen hörte, schwang ich mich auf den Sattel und fuhr los. Ich kam an den Scheunen mit den Maschinen vorbei, die innerhalb der nächsten Tage beginnen würden, das Maisfeld abzuernten und sein Grün vom Horizont zu nehmen.

Misch wartete am Ende der Straße, er lehnte an seinem Fahrrad wie immer, so als würden wir nur einen Ausflug machen. Als ich neben ihm hielt, sah er mich prüfend an. Nichts an ihm verriet, dass er sich vielleicht fürchtete.

»Bist du dir sicher?«, fragte er.

Ich nickte. Aber es gab noch etwas, was ich sagen musste, bevor wir weg waren, bevor es keinen Sinn mehr hatte. »Warum denkst du, dass Hans uns verraten würde?«

Er zögerte, und ich wiederholte meine Frage.

»Misch. Warum sollte er das machen?«

Seine Mundwinkel verzogen sich zu einem gequälten Lächeln. »Hans verrät uns nicht, Anna.« Er lachte leise und freudlos. »Es ist das Land, das uns verrät. Und ihn auch.«

Es überraschte mich, dass er ausgerechnet jetzt so ehrlich war. Wir hatten beide keine Ahnung, was Hans der Miliz erzählt hatte. Doch Misch hatte sich entschieden, mit seinen Zweifeln zu gehen. Er würde sie mit über die Grenze nehmen, das schwerste Gepäck.

»Wir hätten es ihm sagen sollen.«

»Wenn du dir nicht sicher bist, dann solltest du nicht gehen.«

Ich antwortete nicht. Als er losfuhr, folgte ich ihm.

Es war kalt, ich klapperte mit den Zähnen. Wir nahmen den Weg durch Johannisfeld und passierten dort das letzte Haus. Wir fuhren auf die Felder und hielten am Ende des Weges an. Vor uns türmte sich der Mais, er raschelte, niemals war er still. Wir stellten die Räder ab. Langsam gewöhnten sich meine Augen an die Dunkelheit, die nur von einer dünnen Mondsichel erhellt wurde.

»Hast du Angst?«

Misch starrte ins Maisfeld und schwieg. Er zog an den Riemen des Rucksacks und lockerte sie wieder. Dann tastete er nach meiner Hand. Seine Finger schoben sich zwischen meine. Er hatte es längst begriffen, vielleicht früher als ich selbst.

Mit dem Daumen fuhr er über meinen Handrücken. »Du kommst nicht mit.«

»Es tut mir leid.«

Misch vergrub das Gesicht in den Händen, so lange, dass ich dachte, er würde weinen. Doch als er sprach, war seine Stimme ruhig. »Bring das Fahrrad bitte meinen Eltern«, sagte er.

Ich schlang die Arme um ihn. Ich strich über seine Wange und versuchte zu ertasten, ob er sich fürchtete. Doch da war nichts außer der vertrauten Haut und seinem Atem.

III

In meiner Kindheit gab es einen Sommer, in dem es über Wochen so viel und so ausdauernd regnete, dass die Störche starben wie die Fliegen. Hin und wieder sah man dann ein verendetes Küken auf der Straße liegen, zerzaust und voller Schlamm. Meistens waren sie schon tot, wenn sie aus den Nestern geworfen wurden. Doch einmal ließ mich ein Klappern zu den Strommasten aufblicken, und ich sah, wie der Altstorch ein zappelndes Küken im Schnabel hielt. Ich beeilte mich weiterzugehen, damit ich nicht sehen musste, wie er es über den Rand des Nestes hob und fallen ließ. Es gab ein hässliches Geräusch, als das Küken am Boden aufschlug. Wie ein Schuh, der in den Matsch tritt. Am Ende der Straße blieb ich stehen und schaute zurück. Der Altstorch hatte die Schwingen wieder über seine Brut gebreitet, so als hätte er vergessen, was er soeben getan hatte.

Seine Gleichgültigkeit machte mich misstrauisch. Irgendetwas musste das Tier doch fühlen, wenn es sein Küken beim Hals packte.

»Sie machen es aus Instinkt«, erklärte mein Vater. »Für die stärkeren Küken, sodass wenigstens die durchkommen.«

Damit gab ich mich nicht zufrieden. Ich dachte daran, wie die Hundemütter tagelang jaulten, wenn man ihnen die Welpen wegnahm. Oder wie böse die Säue wurden, wenn man eines ihrer Ferkel aus dem Stall hob.

»Störche sind halt nicht so schlau wie Schweine«, sagte meine Mutter geduldig, und mein Vater nickte.

Es hörte nicht auf zu regnen. Die Temesch trat über die Ufer, das Gemüse im Garten verfaulte. Die Stunden, in denen der Himmel düster war und in nassen Fäden über die Fensterscheiben lief, reihten sich endlos aneinander.

Als ich an einem dieser Tage von der Schule nach Hause

ging, sah ich ein Storchenküken, das noch lebte. Hätte es nicht mit einem kläglichen Klappern auf sich aufmerksam gemacht, wäre ich vermutlich an ihm vorbeigegangen. Das Küken warf den Kopf hin und her, dabei flatterte es mit seinen kümmerlichen Flügeln. Ich war überrascht, dass das Tier noch lebte. Offenbar war die Stelle, auf die es gefallen war, vom Regen so aufgeweicht, dass es sich nicht einmal etwas gebrochen hatte. Dafür schien es im schlammigen Boden festzustecken, es wippte vor und zurück. Ich schaute am Strommast hinauf, der Altstorch war nicht zu sehen. Vermutlich kauerte er im Nest und schützte seine Jungen vor dem Regen. Ich wurde wütend. Er musste doch hören, dass sein Küken hier unten nach ihm rief.

Langsam näherte ich mich dem Tier, das nur noch verzweifelter versuchte, seine Beine aus dem Schlamm zu befreien. Mit einer Mischung aus Ekel und Mitleid schaute ich mir den jungen Storch genauer an. Er war hässlich, und die Angst machte ihn noch hässlicher. Wie aufgezogen wiederholte er die immer gleiche Bewegung. Er verdrehte die Augen nach oben, so als würde er nach seinem Nest schielen. Einen Moment dachte ich daran, ihn einfach liegen zu lassen, so sehr ekelte ich mich vor ihm, vor seinen dürren, unnatürlich verrenkten Gliedern. Aber dann gab ich mir einen Ruck und ging neben der Pfütze in die Hocke. Der Vogel geriet in Panik, doch bevor er sich mit seinem Gezappel selbst das Genick brechen konnte, packte ich ihn mit einer raschen Bewegung am Hals, als wäre er ein Huhn. Es war einfach, ihn aus dem Schlammloch zu ziehen. Ich umfasste seine strampelnden Stelzen, eine Weile wand er sich in meinem Griff. Er war so dünn und leicht, dass ich Angst bekam, er könnte mir in den Händen zerbrechen. Irgendwann aber hielt er erschöpft inne. Unter dem Flaum auf seiner Brust sah ich sein Herz rasen. Gerne hätte ich meinen Griff gelockert, doch der Schnabel des Kükens war schon so groß, dass ich befürchtete, es würde nach mir picken. Deshalb hielt ich es, eine Hand an seinem Hals, die andere um seine Beine, bis ich zu Hause war.

Vor dem Tor rief ich nach meiner Großmutter. Sie machte große Augen, als sie sah, was ich mitgebracht hatte.

»Ist das ein Storch?« In ihrer Stimme hörte ich die Mischung aus Neugier und Ekel, die auch ich bei seinem Anblick empfunden hatte. Sie beugte sich über das Küken. »Und was machen wir jetzt mit ihm?« Vorsichtig strich sie mit dem Zeigefinger durch die Daunen auf seiner Brust.

»Wir können ihn ja nicht sterben lassen«, sagte ich heftig, weil ich ihren Widerspruch erwartete.

Sie schnalzte mit der Zunge. »Na gut, dann bring ihn halt in den Hühnerstall.«

»In den Hühnerstall?«, protestierte ich. »Was soll er denn im Hühnerstall?«

Meine Großmutter lachte. »Schön, dann machen wir ihm ein Bettchen im Haus. Mal schauen, was deine Eltern dazu sagen.«

Im Haus setzten wir den Storch zuerst in einen Waschzuber, damit er nicht davonlaufen konnte. Ich hatte erwartet, dass er sich aufführen würde wie wild, wenn ich ihn losließ, doch sobald er im Waschzuber saß, kauerte er sich nur zusammen und beobachtete uns, den Kopf tief in die Daunen geduckt. Wir nahmen einen Weidling, legten Stroh hinein und ein paar alte Geschirrtücher. Wir wollten den Weidling in den Waschzuber stellen und das Küken hineinsetzen. Als wir uns über den Zuber beugten, sahen wir, dass das Tier zitterte.

»Ihm ist kalt«, sagte meine Großmutter. »In seinem Nest wäre er bestimmt eingegangen.«

Er machte erst einen schwachen Versuch, nach uns zu picken, ließ sich dann aber widerstandslos hochheben. Meine Großmutter hielt ihn fest, während ich ihn in die Tücher wickelte. So setzten wir ihn in den Weidling.

»Er zittert immer noch«, stellte ich fest.

»Dem wird schon warm.« Meine Großmutter zuckte die Schultern.

Für ein paar Wochen hatten wir einen Storch im Haus. Er war so kränklich, dass ich jeden Morgen befürchtete, ihn tot in seinem Waschzuber zu finden. Aber so, wie er den Sturz aus seinem Nest überlebt hatte, überlebte er auch in unserer Wohnküche, dürr und schwächlich. Er überlebte sogar die Katze, die einmal durchs offene Fenster ins Haus kam, in den Waschzuber sprang und sich den Vogel schnappte, obwohl er bereits größer war als sie. Er fing an zu klappern, so laut, dass ich ihn bis nach hinten im Hof hörte, wo ich mit meiner Großmutter den Stall ausmistete. Ich rannte ins Haus, wo der Storch versuchte, sich der Katze zu entwinden, die ihn wie ein Spielzeug wieder und wieder am Hals packte. Sie fauchte und zerkratze mir die Arme, als ich sie am Fell hochriss und ins Zimmer schleuderte. Jammernd rappelte sie sich auf und floh zum Fenster hinaus, durch das sie gekommen war. Auch das überlebte der Storch, obwohl er eine Wunde am Hals behielt, die nässte und die er immer wieder vergeblich mit dem Schnabel zu berühren versuchte.

Wenige Zeit später begann der Sommer, die zerwühlten Böden und überschwemmten Felder zu trocknen. Das Federkleid des Storches veränderte sich. Es wurde weißer, und an den Flügelspitzen begann sich ein tiefes Schwarz auszubreiten. Der noch dunkelgraue Schnabel war länger und kräftiger geworden. Meine Eltern sagten mir, dass er bald flügge werden würde, ermahnten mich, dass ich ihn in Ruhe lassen sollte, damit er sich nicht zu sehr an uns gewöhnte. Trotzdem hob ich ihn immer wieder aus dem Waschzuber oder griff hinein, um sein glattes Gefieder zu streicheln. Er ließ es sich gefallen.

Wenn ich mit dem Storch allein war, nutzte ich manchmal die Gelegenheit und setzte ihn am Boden ab. Dann betrachtete ich stolz, wie er durch die Küche stelzte und in die Ecken lugte, als sähe er alles zum ersten Mal. Als ich ihn schließlich wieder einfing, ließ er sich wie immer hochheben. Doch sobald ich ihn zum Zuber trug, drehte er plötzlich den Kopf in meine Richtung. Erschrocken sah ich den scharfen Schnabel auf mein Gesicht zuschnellen. Gerade noch rechtzeitig wandte ich mich ab und ließ ihn los. Sein Schnabel traf mich dennoch an der Wange, gleich neben dem Ohr. Ich schrie auf und fasste mir ans Gesicht. An meinen Fingern war Blut.

Wütend ging ich auf den Storch zu und trat nach ihm. Ich traf ihn mit voller Wucht an der Brust, und er taumelte. Zitternd wich ich zurück. Auf einmal hatte ich Angst vor seinem langen Schnabel und den stumpfen Augen, die einem nie verrieten, was er im Sinn hatte. Minutenlang stand ich in einer Ecke, hielt mir schluchzend die Wange und beobachtete den Storch. Er schien mich vergessen zu haben. Jedenfalls stakste er vor seinem Zuber auf und ab, als wartete er darauf, hineingesetzt zu werden.

Irgendwann kam meine Großmutter in die Küche, sah zuerst mich und dann den Storch und begann zu schimpfen. »Du solltest ihn doch in Ruhe lassen«, rief sie, packte das Tier und setzte es grob zurück an seinen Platz.

Der Storch hatte mich nicht schlimm verletzt, aber ich wagte es nicht mehr, ihn anzurühren. Pflichtschuldig fütterte ich ihn, doch ich hoffte, dass er bald flügge würde. Aber so weit kam es nicht. Bereits am selben Abend begann er sich seltsam zu verhalten. Immer wieder versuchte er aufzustehen und fiel dann kraftlos zusammen. Bevor ich zu Bett ging, schaute ich noch einmal in den Zuber und sah, dass er der Länge nach darin lag.

Am nächsten Morgen war der Storch tot. Steif wie eine Puppe war er, und die schwarzen Augen steckten wie Murmeln in ihren Höhlen. Meine Mutter befürchtete, er könnte die Vogelpest gehabt haben. Sie und mein Vater beschlossen, ihn im Hof zu verbrennen. Ich war zu erschrocken, um zu weinen, und wich den prüfenden Blicken meiner Großmutter aus. Nur sie wusste, was am Vortag passiert war und dass die Verletzung neben meinem Ohr keine Schürfwunde vom Spielen war. Doch sie sagte nichts. Sie widersprach meinen Eltern nicht, die den Vogel mitsamt den Lumpen, mitsamt dem Stroh und dem Weidling, in dem er gesessen war, verbrannten. Den Zuber wusch meine Mutter mit scharf riechendem Spiritus aus, und am Ende blieb von unserem Storch nichts als der Geruch von verbranntem Fleisch und Alkohol.

***

Über den Feldern war es Morgen geworden, doch es würde noch dauern, bis die Maschinen die Ruhe störten und die Leute ins Feld ausschwärmten, um die Früchte aus den Lieschenblättern zu brechen.

Immer wieder musste ich stehen bleiben, der Atem brannte mir in der Kehle. Ich konnte nicht glauben, was ich tat, dass ich Mischs Fahrrad zu seinen Eltern brachte. Und dass er wirklich fort war. Ich hatte gewartet an der Stelle, wo er im Maisfeld verschwunden war. Angestrengt hatte ich gelauscht, doch es war still geblieben.

Als ich das Dorf hinter einer Wegbiegung auftauchen sah, war die Sonne aufgegangen. In den Fenstern von Mischs Haus spiegelte sich der Morgen. Eines war geöffnet, seine Eltern waren schon wach.

Meine Arme zitterten. Ich konnte die beiden Fahrräder, die ich neben mir herschob, kaum noch halten. Mischs Mutter stand bereits vor dem Tor. Sie schlug die Hand vor den Mund, als sie mich erkannte.

»Es tut mir leid«, sagte ich, obwohl sie mich noch nicht hören konnte. Als ich ihr dann gegenüberstand, brachte ich kein Wort mehr heraus. Sie weinte hinter vorgehaltener Hand. Hilflos blieb ich vor ihr stehen. Wie konnten wir uns das antun? Mein Vater, der uns verlassen würde. Misch, der im Feld verschwunden war und in Kauf genommen hatte, dass seine Mutter jetzt ihr Weinen in ihren Händen verbarg.

»Es tut mir leid«, sagte ich noch einmal. Sie sah mich aus nassen, roten Augen an und antwortete nicht.

Ihre Stimme klang hohl, als sie mich fragte, ob er es geschafft habe.

»Man hat keine Lichter gesehen und nichts gehört. Es ist ruhig geblieben«, sagte ich.

Sie nickte. Dann griff sie nach dem Fahrrad und schob es durchs Tor. Ohne sich noch einmal nach mir umzusehen, schloss sie es hinter sich.

***

Der Sommer wurde dunkler. Die Hitze war von einem auf den anderen Tag vorbei, und in der Fabrik hörte ich, wie über mir ein stürmischer Wind den Regen gegen die Fenster der Halle schlug.

Der Morgen, an dem mein Vater fortgehen würde, rückte näher. Wir sprachen nicht darüber, dass die Zeit verging. Ich sah nicht, wie mein Vater seinen Koffer packte oder wenn meine Mutter etwas für ihn beiseitelegte.

Ich hatte nie den Eindruck gehabt, dass meine Eltern sich liebten. Sie duldeten einander, sie hatten dieselben Ansichten über dieselben Dinge und teilten Zukunft und Vergangenheit. Ich hatte geglaubt, das sei genug für eine Ehe. Doch wenn ich jetzt bemerkte, wie meine Mutter meinen Vater nicht mehr ansehen konnte, wie sie beinahe schüchtern seinen Teller füllte und wie verhalten er mit ihr sprach, dann verstand ich, dass ich mich wie in vielen anderen Dingen getäuscht hatte, weil ich nicht gut genug hingeschaut hatte.

Am Morgen der Abreise saßen wir müde in der Küche, jeder hing seinen eigenen Gedanken nach. Immer wieder warf ich meinem Vater verstohlene Blicke zu. Auf einmal meinte ich zu sehen, dass er alt geworden war. Sein Haar wurde von den Schläfen aus schütterer, und er wirkte müde. Nicht müde von der Arbeit und wenig Schlaf, sondern müde von der Zeit.

Er bemerkte, dass ich ihn anstarrte, und schaute vom Teller auf. Er legte das Brotmesser weg und strich mir über den Kopf, kurz und unbeholfen. Als er versuchte zu lächeln, senkte ich den Blick. Zum ersten Mal dachte ich an die Zeit ohne ihn, an den Herbst und den Winter ohne meinen Vater, von dem ich bisher nie länger getrennt gewesen war.

Wir verabschiedeten uns im Hof. Wir würden nicht mit ihm zum Bahnhof gehen, wir wollten ihn nicht verraten durch Tränen und ängstliche Gesten. Vier Wochen stand in seinen Papieren, in vier Wochen sollte er wieder zurück sein. Ich wandte mich ab, als meine Eltern einander umarmten. Dann kam mein Vater zu mir. Wir hielten einander kurz und ließen schnell wieder los.

Das Tor öffnete sich. Erstaunt sah ich, wie Hans mit entschlossenen Schritten auf meinen Vater zuging und ihm die ausgestreckte Hand hinhielt. Mein Vater schob sie beiseite und zog Hans an sich. Leise sagte er etwas, was ich nicht verstand. Hans nickte und sah ihm in die Augen.

Mein Vater winkte, bevor er das Tor hinter sich schloss. Wir standen im Hof, der Wind trieb das Laub der Weinreben raschelnd über den Boden.

***

In der Nacht, nachdem mein Vater fortgegangen war, ließ ich Hans zum ersten Mal ins Haus. Ich hatte keine Kraft, ihn wegzuschicken. Irgendwann war ich sogar froh, als ich ihn neben mir atmen hörte. Er übernachtete immer häufiger bei uns, und meine Mutter duldete es, ihn morgens in die Küche kommen zu sehen.

Am Sonntag erwachte ich, weil das Sonnenlicht, das durch einen Spalt in den Fensterläden schien, mich blendete. Hans schlief noch, den Kopf zur Wand gedreht. Vorsichtig hob ich die Beine aus dem Bett und trat ans Fenster. Die Sonne ging gerade auf, tiefrot glühte es hinter den verschlossenen Läden. Vorsichtig schob ich den Riegel beiseite und stieß sie auf.

Draußen war Herbst. Man sah es am Nebel, der über den umliegenden Feldern hing, und roch es in der Luft, in deren Frische sich die süßliche Schwere von Fallobst mischte. Ich beugte mich nach vorne und schaute auf die Straße. Ein unregelmäßiges Stampfen war zu hören, die Kühe wurden gerade zur Weide geführt. Bald trotteten sie unter den braun gefleckten Bäumen am Straßenrand vorbei, ab und an erklang eine Glocke, wenn sie ihre schweren Köpfe schüttelten.

Das Bett knarzte. Hans war aufgewacht. Er hatte den Kopf in die Hand gestützt und rieb sich die Augen.

»Es ist noch früh«, sagte ich leise, »schlaf weiter.« Kalte Luft fuhr über meinen Rücken, ich fröstelte.

Hans stieg aus dem Bett, er schwankte ein wenig. Er trat vor mich, die Morgensonne fiel auf sein Gesicht. Er war unrasiert und sah aus, als würde er noch träumen. Ich zuckte zusammen, als er eine Hand in meinen Nacken legte und mich an sich zog. Die andere Hand strich unter meinem Nachthemd entlang, über meine Schulter und dann über meine Brüste.

Ich schob ihn weg. »Meine Mutter steht bald auf«, sagte ich. Hans' Augen waren halb geschlossen, sein Blick weit fort.

Seitdem ich ihn kannte, hatte er sich tausendmal verändert, er war nie einfach derselbe geblieben. Ich hatte dennoch versucht, ihm immer zu folgen, bei ihm zu bleiben, bis zu dem Tag des Erdbebens. Auch heute war er ein anderer. Vielleicht träumte er tatsächlich noch.

Ich schob seine Hand zurück unter mein Nachthemd. Er umfasste meine Hüfte und zog mich zum Bett. Als er sich über mich beugte, war es, als ob er sich wieder schlafen legte. Er schloss die Augen und bettete den Kopf neben meinen. Unsere Wangen rieben aneinander und über unseren Atem hinweg hörte ich die Schritte meiner Mutter auf der Treppe.

Wir verbrachten die Sonntage so gut wie nie in der Stadt, ich war froh, wenn ich nicht hinmusste. Doch weil es zu Hause so still war, stiegen Hans und ich nach Mittag in den Zug. Es war Oktober, der Himmel war staubig, und am Fenster zogen goldgelb die trockenen Felder vorüber.

Hans und ich gingen durch den Park, in dem noch alles grün war. Auf dem Dorf kam der Herbst schneller als in der Stadt. Wir setzten uns an die Bega. Der Fluss roch faulig, sein Wasser sah ölig und träge aus. Nicht wie die Temesch, die kalt und klar war und immer in Bewegung.

Alte Leute saßen auf den Bänken und hielten ihre Gesichter in die Sonne. Eine Frau schob einen Kinderwagen, leise sang sie ein Schlaflied. Im Park war es so friedlich, als wäre die Zeit stehen geblieben, an einem lang vergangenen Tag, als alles noch in Ordnung gewesen war.

Hans hatte begonnen, Steinchen aufzuklauben und ins Wasser zu werfen. Ein paar Enten kamen angeschwommen. Die Tiere schienen uns vorwurfsvoll anzusehen, als sie merkten, dass es nichts zu fressen gab.

»Hör auf damit«, sagte ich. Hans lachte und legte die Hände in den Schoß.

Ich schloss die Augen wie die alten Leute auf den Bänken. Als ich nach einer Weile zu Hans schaute, hatte er eine Zigarette zwischen den Lippen und steckte die Packung in die Jackentasche. Das Rauchen war eine Gewohnheit, die er eigentlich nur mit Misch geteilt hatte.

Er starrte aufs Wasser, dann begann er endlich zu reden.

»Wolltest du mit Misch abhauen?«

»Ja.«

Er nickte und warf den Filter ins Wasser, eine Ente schnappte danach. Hans zog noch eine Zigarette aus der Packung.

»Was hab ich euch getan?«, fragte er gepresst.

»Wir dachten, du bist ein Spitzel.« Ich suchte seinen Blick, doch er schaute weiter auf den Fluss und regte sich nicht.

»Du hast das wirklich geglaubt?«

»Eine Weile schon.«

Schweigend rauchte er zu Ende. Nach allem anderen fragte er nicht. Ich suchte nach den Worten, um es ihm zu erklären, aber als ich ansetzte, etwas zu sagen, sah er mich an. Sein Blick war kalt, und ich verstummte.

Wir saßen da, bis die Sonne tiefer stand und der Schatten der umstehenden Bäume auf uns fiel. Es war kühl geworden. Ich zitterte, doch ich wagte nicht zu sagen, dass ich gehen wollte.

Die alten Leute hatten ihre Bänke längst verlassen, als Hans sich endlich erhob. Er schaute auf mich herab, und ich fürchtete mich vor dem, was er sagen könnte.

»Ich liebe dich«, sagte er hart, es klang, als würde er ausspucken, und ich fuhr zusammen. Dann drehte er sich um und ging.

Ein Boot fuhr vorbei und ließ die Enten im Fahrwasser schaukeln. Der Mann, der das Boot lenkte, grinste mich an. Gold blitzte zwischen seinen Zähnen. Er nickte zum Gruß.

Rasch stand ich auf und nahm den Weg durch den Park. Als ich hinter den Bäumen hervor auf die Straße trat, hörte ich die Straßenbahn, sie fuhr gerade aus der Station. Ich rannte. Im letzten Moment packte ich die Stange neben der Tür und sprang auf die Stufen. Eine Frau schaute mich böse an, sie schüttelte den Kopf. Atemlos lief ich den Gang zwischen den Sitzen entlang. Ganz vorne saß Hans und schaute aus dem Fenster.

***

Ich hatte nicht geahnt, wie sehr meine Mutter und ich uns quälen würden. Seitdem mein Vater fort war, bestraften wir einander mit Schweigen. Am liebsten hätten wir uns im Garten begraben, zwischen den sterbenden Früchten, in der Erde, die der Regen durchwühlte. Die Selbstbeherrschung, die wir uns auferlegt hatten, war zu groß geworden. Sie war jetzt nichts als Kälte.

Ohne dass wir ihn darum baten, nahm Hans die Rolle meines Vaters ein. Er verrichtete die groben Arbeiten, die im Herbst anfielen. An einem Tag brachte er Feuerholz, und meine Mutter war verzweifelt, weil sie ihm dafür nichts geben konnte. Der Herbst verarmte uns. Wir litten nicht Hunger, doch immer schien zu wenig auf dem Teller zu sein, und das Gefühl, nie ganz satt zu werden, war zur Gewohnheit geworden.

Meine Mutter wurde krank, sie lag schweißgebadet und mit fiebrigen Augen im Bett. Es machte mir Angst, dass wir keinen Arzt holen konnten. Nachdem ich ihr am zweiten Abend in Folge Suppe gebracht und sie den Kopf geschüttelt hatte, ging ich in die Küche und biss mir in den Handballen, um nicht laut zu weinen.

Als es an der Tür klopfte, wischte ich mir über die Augen. Ich hoffte, es wäre Hans, aber dann stand Ioana vor mir und schaute mich prüfend an.

»Wie geht's deiner Mama?«

Ich trat zur Seite und ließ sie herein. »Sie schläft gerade«, sagte ich.

Ioana seufzte, zog sich einen Stuhl zurück und setzte sich. Auf einmal war es stockfinster in der Küche.

»Warte, ich mach das Petroleum an«, sagte ich.

»Nein, lass. Kerzen reichen.« Vorsichtig tastete ich mich an der Anrichte entlang und zog eine Schublade auf. Ich mochte das Gefühl nicht, plötzlich im Dunkeln zu sitzen. Es war, wie wenn man von jemandem ins Wasser gestoßen wurde.

Ich riss ein Streichholz an und hielt es nacheinander an drei Kerzen, dann setzte ich mich Ioana gegenüber an den Tisch.

»Ich würde dir ja was anbieten ...«

»Unsinn.« Sie winkte ab und schwieg. Ich dachte, sie wäre aus einem bestimmten Grund gekommen. Vielleicht hatte sie mit meiner Mutter sprechen wollen, und jetzt wusste sie nicht, was sie mit mir reden sollte.

Sie ließ den Blick durch die Küche wandern. »Was ist mit eurer Țuică?«

Ich zog die Augenbrauen hoch. »Was soll damit sein?«

»Wenn man nichts zu fressen hat, muss man eben saufen«, sagte sie auf Rumänisch.

Ich zuckte die Schultern. Mein Vater hatte den Fusel letztes Jahr gebrannt, wir hatten noch zwei volle Flaschen. Ich holte eine davon aus der Speis und stellte Gläser auf den Tisch, die ich bis zum Rand füllte. Der Schnaps roch wie Spiritus.

Ioana hob das Glas. »Gesundheit.« Sie grinste. Unsicher lächelte ich und prostete ihr zu. Der Schnaps brannte im Hals wie Säure. Wir fingen beide an zu husten, Ioana hatte Tränen in den Augen. »Bah.« Sie schüttelte sich und hielt mir das Glas hin. »Noch einen.«

»Ich will keinen mehr.«

»Willst du lieber hier sitzen und heulen?« Ihr Blick bohrte sich in meinen. Wütend griff ich nach der Flasche. Als ich das Glas ein zweites Mal an die Lippen hob, spürte ich die Taubheit in meine Beine kriechen. Und den Leichtsinn in den Kopf. Ich dachte an das letzte Mal, als ich Schnaps getrunken hatte. An den Sommer und die Kirchweihen. Deshalb protestierte ich auch nicht, als Ioana die Gläser ein drittes Mal füllte.

Nach dem vierten Glas fing sie an, über ihren Mann zu reden. Sie erzählte, wie sie als junge Frau mit ihm und ihren zukünftigen Schwiegereltern nach Maria Radna gefahren war. Sie seien strenggläubig gewesen und der ganze Ausflug die reinste Hölle. Bei der Besichtigung des Klosters musste Ioana irgendwann dringend aufs Klo. Sie war damals bereits schwanger gewesen, was die Eltern ihres Mannes zu dem Zeitpunkt aber noch nicht wissen durften.

»Ein Kleid so groß wie ein Müllsack musste ich tragen.« Ioana verdrehte die Augen, und ich grinste.

Als sie es nicht mehr ausgehalten hatte und nirgendwo eine Toilette zu finden war, war sie in einen Beichtstuhl gegangen. Sie äffte die Stimme des Priesters nach, der ihr die Beichte abnehmen wollte. Ioana hob den Zeigefinger, die andere Hand legte sie auf ihre Brust. Sie versuchte, nicht zu lachen: »Und ich hab zu ihm gesagt«, sie hielt inne und schnappte nach Luft, »ich hab gesagt, verehrter Herr Priester, gesündigt hab ich schon auch. Aber erst einmal müssen Sie mir verraten, wo hier das Klo ist.«

Wir brachen in schallendes Gelächter aus, Ioana klatschte in die Hände. Als sie erneut nach der Flasche griff, hielt ich die Hand über mein Glas.

»Bitte, ich kann nicht mehr.« Ich deutete auf meinen Magen.

»Noch ein halbes Glas. Dann verrat ich dir auch, warum ich hergekommen bin.«

Ich hob den Blick zur Decke und machte eine bittende Geste. Ioana kicherte und schenkte ein. Sie trank aus, stellte ihr Glas auf den Tisch, dann wischte sie sich über den Mund. Auf einmal wirkte sie ernst.

»Ich war heute bei Adi in der Stadt.« Das Lachen war aus ihrer Stimme verschwunden. Ich bemerkte, dass es sie Überwindung kostete weiterzusprechen.

»Ich werde Großmutter«, sagte sie schließlich. Sie lächelte matt.

Erstaunt beugte ich mich über den Tisch. »Das ist doch schön. Oder?«

Sie wiegte den Kopf. »Ja. Ja, schon.«

Fragend hob ich die Augenbrauen.

»Ich will mich ja freuen«, fuhr sie mit dünner Stimme fort, »aber ich kann nicht so richtig.« Sie schaute in ihren Schoß. »Ich frag mich die ganze Zeit …«

Ich streckte den Arm über den Tisch und ergriff ihre Hand. »Was denn?«

»Ich frag mich, wie man in diesem Land noch ein Kind kriegen kann.« Sie schüttelte den Kopf und drückte meine Hand. »Aber das Schlimmste ist, dass ich mich nicht freuen kann.«

»Was macht ihr denn da?«

Ich drehte mich um, meine Mutter stand an der Treppe. Ihr Gesicht glänzte, sie hatte dunkle Ringe unter den Augen. Sie kam einen Schritt näher. »Seid ihr betrunken?« Sie klang so erschrocken, dass Ioana und ich wieder zu lachen anfingen. Verständnislos sah meine Mutter uns an. Sie tat mir leid, wie sie da stand in ihrem Nachthemd und vielleicht dachte, sie hätte einen Fiebertraum.

»Mama«, sagte ich und bemühte mich, ernst zu bleiben, »Mama, Ioana hat schöne Neuigkeiten.«

Ich schaute zu Ioana, die mit den Schultern zuckte.

»Sie wird Oma«, sagte ich.

Meine Mutter strahlte. »Und da weckt ihr mich nicht?«

Sie ging zum Küchenschrank und nahm ein drittes Glas heraus. »Schenk mir auch ein. Noch kränker kann ich ja nicht werden.«

Wir hoben die Gläser. Ioana wiederholte in Gegenwart meiner Mutter nicht, was sie mir gesagt hatte. Sie stieß auf ihr Enkelkind an und lächelte.

***

Zu Allerheiligen saßen meine Mutter und ich in der Küche, flochten Kränze aus Buchsbaum und steckten getrocknete

Herbstblumen und Beeren hinein. Im letzten Jahr war meine Großmutter noch bei uns gesessen und hatte Anweisungen gegeben. Weil ich ungeschickt und ungeduldig war, hatte sie manchmal ihren Daumen auf eine Stelle gedrückt, damit ich die Zweige besser zusammenbinden konnte. Hatte mit der Zunge geschnalzt, wenn ich den Draht ohne nachzudenken einfach in den Kranz geschoben hatte.

Als es im Haus bereits dämmrig war, zogen wir die Mäntel an und gingen nach draußen. Ich hob den Kopf in die kalte Luft, es roch nach Kaminruß. Am Himmel standen schon die ersten bleichen Sterne.

Das ganze Dorf war auf den Beinen, eine Prozession aus Mänteln. Meine Mutter hakte sich bei mir unter. Sie hatte sich nur langsam erholt. Unsere Betten waren zu klamm und die Gedanken zu schwer, um gesund zu werden. Ich sorgte mich um sie, weil ihre Wangen hohler waren und ihr Blick so weit fort. Sie schien über verlorene Dinge nachzudenken, das hatte ich in ihr nie vermutet. Sie war mir ähnlicher geworden, als mir lieb war.

In den Bäumen saßen noch die Krähen und krächzten, als würden sie uns meinen. Von meinem Fenster aus konnte ich beobachten, wie sie den ganzen Tag mit den Schnäbeln im kahlen Feld wühlten. Man erzählte sich, dass die Menschen in einigen Städten nichts mehr zu essen hatten. Wir wussten nicht, ob es stimmte, denn wir trauten uns nicht, freies Radio zu empfangen, und bekamen deshalb nur das zu hören, was wir hören sollten.

Ich hielt Ausschau nach Hans, aber er war nirgendwo zu sehen. Seit unserem Gespräch in der Stadt blieb er nicht mehr über Nacht, und ich schlief allein ein, müde vom Warten auf das Geräusch von Steinen an meinem Fenster.

Als wir in den Feldweg einbogen, der zum Friedhof führte, leuchteten uns die Allerheiligenlichter aus der Dunkelheit entgegen. Ein vielstimmiges Murmeln erhob sich über den Gräbern. Für einen Abend war der Friedhof lebendig, eine glimmende Insel auf den schwarzen Feldern. Das Dorf hingegen war ausgestorben, so als hätten die Lebenden mit den Toten die Plätze getauscht.

Meine Mutter und ich gingen die Wege zwischen den Gräbern entlang. Die Leute standen vor den Steinen und beteten, tasteten nach Rosenkränzen und bekreuzigten sich. Am Grab meiner Großmutter standen schon Kerzen. Wir legten den Kranz nieder, und meine Mutter betete. Ich faltete die Hände.

Wir gingen noch zu anderen Gräbern, von ein paar wusste ich nicht einmal genau, zu wem sie gehörten. Die Geschichten meiner Großmutter wollten mir nicht mehr einfallen. Aber ich erinnerte mich noch an die Margeritenkränze, die sie bei unseren Friedhofsbesuchen geflochten hatte und die ich im Haar trug, bis ich schlafen ging. Am nächsten Tag waren sie dünn und welk.

Meine Mutter und ich sprachen nicht viel. Vielleicht war auch sie damit beschäftigt, sich zu erinnern. Ich erschrak, als sie plötzlich die Finger in meinen Arm krallte.

»Da sind Mischs Eltern.«

Es wunderte mich, dass sie so angespannt war. Als ob sie etwas damit zu tun hätte. Sie hatte sich nur zusammenreimen können, was in jener Nacht passiert war.

Mischs Mutter hatte mich entdeckt, eilig lief sie auf mich zu. Meine Mutter schloss die Hand noch fester um meinen Arm.

»Du kannst ja schon mal vorgehen«, sagte ich zu ihr. Sie schüttelte den Kopf.

Als Mischs Mutter vor mir stand, war von den Tränen, die sie an jenem Morgen in den Augen hatte, als ich ihr das Fahrrad brachte, nichts mehr zu sehen. »Die Miliz war bei mir.« Wut lag in jedem ihrer Worte. »Sie haben das Haus auf den Kopf gestellt. Sie haben mich ausgefragt, auch nach Mischs Freunden haben sie gefragt.« Sie machte eine Pause und hob das Kinn. »Ich hab gesagt, es gibt keine Freunde mehr. Alle seine Freunde sind schon lange weg.«

Ich ballte die Hände zu Fäusten. Es kostete mich Mühe, ihr in die Augen zu sehen.

»Danke«, sagte ich leise.

Sie wandte sich ab und ging grußlos davon. Ihr Mann stand da, als hätte er nicht bemerkt, dass sie schon fort war. Er sah mich an.

»Hast du was von ihm gehört?«

Ich schüttelte den Kopf. Er seufzte und nickte meiner Mutter zu, bevor er zwischen den Gräbern verschwand.

Meine Mutter stieß die Luft aus. Sie zuckte die Schultern. »Davon kommt ihr Sohn auch nicht wieder«, sagte sie.

Ich antwortete nicht. Bevor wir vom Feldweg in die Straße einbogen, blieb ich stehen und schaute auf den Friedhof zurück. Von hier aus waren die Betenden nicht zu hören. Still standen die Lichter im Feld.

***

Das Kathreinkränzchen war der letzte Abend, an dem getanzt wurde, bevor der Advent begann. Ich verstand nicht, was wir dort machten, warum wir dort saßen, den Wein wie Wasser tranken und schwiegen, als hätten wir das noch nicht genug getan. Das vorweihnachtliche Glimmen dieser Abende, die geröteten Wangen und heißen Hände, die sich beim Tanz berührten, kamen mir verlogen vor. Die Leute tanzten und waren ausgelassen, während draußen nichts als der Winter war, der alles in Kälte erstickte.

Hans griff nach der Flasche und füllte unsere Gläser. Er verschüttete Wein auf den Tisch. Es war seine Idee gewesen herzukommen.

»Trinkst du nicht?«, fragte er. Er lallte schon. Ich schaute ihm in die Augen und unterdrückte das Bedürfnis, den Kopf über ihn zu schütteln. Er hielt meinem Blick nicht lange stand, leerte das Glas in wenigen Zügen und schenkte sich gleich wieder nach. Er hatte alle Geduld der Welt verdient, aber ich war nur müde. Ich trank das Glas aus.

Es war heiß geworden im Gemeindesaal, Zigarettenrauch hing in der Luft. Ich rieb mir die brennenden Augen und sehnte mich nach draußen, wo die Luft eisig und klar war und die Straße menschenleer. Gerade wurde ein Lied gespielt, das alle kannten, und die Leute klatschten und sangen dazu. Ich knallte mein Glas auf den Tisch, Hans drehte den Kopf zu mir.

»Was machen wir hier?« Vom Rauch war meine Stimme heiser, ich räusperte mich. Weil Hans nicht reagierte, griff ich nach seinem Arm und drückte ihn so fest, dass er das Gesicht verzog. »Was machen wir hier?«, wiederholte ich. Ich spürte, wie sich seine Armmuskeln anspannten. Er musterte mich feindselig.

»Wir gehen jedes Jahr hierher«, sagte er gepresst.

Entgeistert sah ich ihn an. Ich beugte mich über den

Tisch, mein Gesicht so nah vor seinem, dass ich seinen Atem roch.

»Was muss ich machen?«, sagte ich laut. Er versuchte zurückzuweichen, doch ich packte ihn an der Schulter.

»Was muss ich machen, damit du danach mit zu mir kommst?« Seine Augen weiteten sich. Ich ließ mich auf die Bank zurückfallen. Mir war schwindlig, und das Atmen fiel mir schwer. Ich ließ den Blick über die Nachbartische schweifen, auf der Suche nach einer Wasserflasche, aber da waren nur halbleere Gläser und verschütteter Wein.

Die Kapelle stimmte eine Polka an, und bald bebte der Boden von stampfenden Füßen. Hans sagte etwas.

»Was?«, fragte ich.

»Ob du mit mir tanzt«, wiederholte er gereizt.

Er streckte die Hand aus, ich zögerte kurz. Dann zerrte er mich grob mit sich, und wir stolperten auf die Tanzfläche. Im Vorübergehen traf mich der abschätzige Blick eines Mädchens. Dieses gottverdammte Dorf, dachte ich. Dieses gottverdammte Dorf.

Hans schlang einen Arm um meine Taille, den anderen legte er mir auf die Schulter. Er zog mich zu sich, bis meine Wange an seinem Hemd lag. Er konnte sich kaum auf den Beinen halten. Hin und wieder musste ich ihn stützen, damit wir nicht beide umfielen.

In der Pause zwischen zwei Liedern hob ich den Kopf aus seiner Umarmung, zog ihn am Nacken zu mir und küsste ihn. Er nahm mein Kinn zwischen Daumen und Zeigefinger und drückte zu. Der Schmerz schoss mir in die Schläfen. Ich wand mich aus seinem Griff und gab ihm eine Ohrfeige. Hans stieß mich nur halbherzig von sich, ich taumelte ein paar Schritte zurück.

Aus den Augenwinkeln bemerkte ich die veränderte Bewegung in der Menge. Die Leute tanzten wieder, doch ihre Blicke waren auf uns gerichtet. Hans und ich fixierten einander. Er atmete schwer, und sein Gesicht glänzte vor Schweiß. Langsam kam er zu mir, er hatte Mühe, gerade zu gehen. Sanft legte er beide Hände auf meine Hüften und den Mund neben mein Ohr.

»Vielleicht prügeln wir uns lieber vor der Tür«, sagte er. Ich hörte, dass er lächelte.

Wir begannen, uns im Takt der Musik zu bewegen. Bald hatten die Leute uns vergessen.

Wir tanzten so lange, bis im Saal nur noch wenige Gäste waren. Bis die Fenster geöffnet wurden und die Winterluft den Rauch nach draußen drängte, wo die Nacht ihn mit sich nahm. Aus meinen Haaren tropfte der Schweiß, und mich fröstelte. Es war eine seltsame Art von Glücklichsein. Aber es war mehr, als ich mir von diesem Abend erhofft hatte.

***

Am Freitagnachmittag ging in der Fabrik der Strom aus. Die Maschinen verstummten, die plötzliche Stille summte mir in den Ohren. Ich legte die Spule auf das Band, das stehen geblieben war, und schaute zu Loredana. »Feierabend«, sagte sie und rieb sich die Handflächen an der Hose ab.

Der Vorarbeiter kam. Er schwitzte um die rote Nase, wie immer, wenn der Strom ausfiel, wie immer, wenn irgendein

Material nicht geliefert worden war oder wenn ihm jemand eine Frage stellte, die er nicht beantworten konnte. Er begann mit seinem Vortrag über das Stromsparen, und obwohl er ihn schon so oft heruntergebetet hatte, verlor er an einer Stelle den Faden und stand auf einmal um Worte ringend mit offenem Mund da. Jemand lachte leise.

Die Leute wandten sich schon zum Gehen, als ich sah, wie eine Frau neben dem Vorarbeiter stehen blieb und das Kinn hob. »Kriegen wir trotzdem unser Geld?«, fragte sie laut. Obwohl niemand von denen, die Richtung Ausgang gingen, sich umdrehte, war es, als wären sie alle mit einem Mal erstarrt. Ich verlangsamte meinen Schritt und sah, wie der Vorarbeiter prüfend nach links und rechts schaute. Dann wandte er sich der Frau zu und hob mit einer bedauernden Grimasse die Schultern.

Es war noch hell, als Hans und ich nach Hause fuhren. Ich lehnte mich gegen das beschlagene Zugfenster. Draußen war der Himmel dick und grau und die Felder durchfurcht von gefrorenem Schlamm. Kreischend kam der Zug zum Stehen. Hans und ich schoben uns in einer Reihe mit den anderen Fahrgästen Richtung Tür.

Mir ging das Gesicht des Vorarbeiters nicht aus dem Kopf. Es passte dazu, dass in der Stadt etwas nicht stimmte. Die Leute flüsterten in letzter Zeit lauter, dass sie sich versammeln und treffen wollten, dass sie etwas wussten von jemandem, der irgendwo gewesen war, wo man protestiert hatte. Hans und ich versuchten zuzuhören. Wir versuchten, zu unterscheiden zwischen Gerede, Prahlerei und dem, was der Wahrheit hätte entsprechen können. Doch wir kannten niemanden mehr so gut, wir trauten nur wenigen. Und am

Ende waren wir die, die ins Dorf zurückkehrten, wo die Höfe von Unwissenheit umzäunt waren. Das Radio verriet uns nichts, und die, deren Kinder in den Städten lebten, erhielten nur kryptische Nachrichten.

Die Menge zerstreute sich vor dem Bahnhof. Zusammen nahmen Hans und ich die Straße bis zur Kreuzung. Hans ging in einigem Abstand neben mir, die Hände in den Manteltaschen. Seit dem Kathreinkränzchen kam er wieder spätabends zu mir, legte sich ins Bett und schlief wie tot, bis wir in der Dunkelheit aufstanden, um in die Stadt zu fahren. Im Zug starrte er in ein Buch und vergaß, die Seiten umzublättern, ansonsten ließ er seine Hände in den Taschen. Er berührte mich nie während unserer immergleichen Wege zwischen Fabrik, Bahnhof und Dorf.

An der Kreuzung verabschiedeten wir uns. Ich hob meine vor Kälte taube Hand, Hans nickte wortlos. Ich biss mir auf die Lippe und vergrub die Hand wieder in der Tasche. Als Hans mich zurückrief, war ich bereits ein Stück entfernt.

»Ich hab einen Brief von Misch bekommen«, sagte er laut.

Ich blieb stehen und drehte mich um. »Wann?«

»Gestern.« Er machte eine Pause. »Hast du nichts bekommen?«

Wahrscheinlich bildete ich mir die Genugtuung in seiner Stimme nur ein. Als ich ihm ins Gesicht schaute, entdeckte ich davon nichts.

Er wandte sich halb ab, drückte die geballte Faust gegen die Stirn und schloss die Augen. »Komm, renn heim und schau nach.«

»Hans«, sagte ich und machte einen Schritt auf ihn zu.

»Geh«, schrie er mich an, dass ich zusammenfuhr. Dann lachte er bitter.

»Weißt du, was das Schönste ist? Dass jetzt auch die Securitate weiß, was ich für ein Trottel bin.«

Ich zwang mich stehenzubleiben. Nicht zu ihm zu gehen und nicht davonzulaufen. Ich rührte mich nicht vom Fleck, bis er die Augenbrauen hob und in Richtung Straße nickte. Da erst lief ich los, schneller als sonst, und ich wusste, dass er meine Eile hätte sehen können, egal, wie sehr ich versucht hätte, sie zu verbergen.

Meine Mutter war vermutlich schon am Briefkasten gewesen. Als ich beim Haus ankam, steckte ich die Hand deshalb nur kurz ins Postrohr, bevor ich eilig das Tor aufschob. Ich hörte, dass meine Mutter den Hof fegte. Energisch kratzte das Reisig über den Boden. Doch als ich in den Hof kam, sah ich den gebeugten Rücken eines Mannes.

»Tata«, sagte ich. Mein Vater hielt in der Bewegung inne und drehte sich um. Er sah mich an, fragend, Schuld in den Augen, und ich verstand nicht weshalb. Er hatte wiederkommen müssen.

»Anna, es ging einfach nicht.« Er stellte den Besen weg. Ohne ihn wirkte er plötzlich kleiner, viel kleiner, als ich ihn in Erinnerung hatte.

»Der Peter Onkel ist gestorben«, sagte er leise. »Danach hab ich nicht mehr gewusst, was ich dort noch machen soll. Es ist schon schön dort ...« Seine Stimme brach. Umständlich öffnete er die oberen Knöpfe seiner Jacke und fasste in die Brusttasche.

»Ich wollte so viel mitbringen«, er schüttelte den Kopf, »aber die lassen einem ja nichts an der Grenze.« Er zog die Hand aus der Jacke. »Da, schau.«

Er hielt mir ein rechteckiges Stück Papier hin. Ich nahm es und drehte es um. Es war eine Postkarte mit kleinen Bildern von Feldern, Bäumen, einer Kirche und einem Bach. Darunter stand in verschnörkelten Buchstaben: *Grüße aus dem schönen Westerwald.*

Ich trat zu meinem Vater. »Danke«, sagte ich und umarmte ihn. Er drückte mich so fest, dass ich wusste, er hatte die Schuld immer noch in den Augen. Dass sie nicht verschwinden würde. Er würde sich immer fragen, ob es besser gewesen wäre zu bleiben, und er würde keine Antwort finden. Und auch ich konnte ihm nicht sagen, dass es richtig war zurückzukommen. Ich wusste es ja selbst nicht.

***

Das neue Glück war zerbrechlich, ich traute ihm nicht. Wie einen Fremden betrachtete ich meinen Vater, der seine Arbeit wieder aufnahm, an unserem Tisch saß und in seinem Bett schlief wie zuvor, als wäre er niemals fort gewesen. Und meine Mutter trug dieselbe Angst im Gesicht, die Angst davor, was es bedeutete, dass wir nun alle hierblieben, auf unbestimmte Zeit.

Hans fragte meinen Vater, wie es gewesen sei in Deutschland. Der zuckte nur die Schultern, sah zu Boden und meinte, es sei anders dort. Ganz anders als hier.

»Ich kann nicht verstehen, warum er zurückgekommen ist«, sagte Hans zu mir, als wir später im Bett lagen und zitterten, weil wir uns nicht berührten. »Er hätte euch nachholen können.«

Eine Weile blieb es still, und Hans atmete tief und ruhig, sodass ich dachte, er sei eingeschlafen.

»Bist du wütend auf ihn?«, fragte er plötzlich.

Ich zog den Arm aus der Decke und wischte mir über die laufende Nase. Die Nasenspitze war eiskalt.

»Nein«, flüsterte ich. »Ich war nur wütend, weil er fortgegangen ist.«

Hans schwieg. Ich drehte mich zur Seite.

»Bist du wütend auf Misch?«

Ich öffnete die Augen und schaute in die Dunkelheit. Ich dachte an den Brief, den Hans bekommen hatte.

»Manchmal«, sagte ich.

»Ich bin immer wütend auf ihn. Jede Sekunde.«

Ich überlegte, wie Misch sich fühlen würde, wenn er das gehört hätte. Ich presste die Hände gegen die Brust und zog die Beine näher zum Körper.

»Was ist denn?«, fragte Hans.

»Mir ist kalt. Und ich will schlafen. Sei jetzt bitte ruhig.«

Wenige Tage nach der Rückkehr meines Vaters mussten wir den schwarzen Hund töten. Schon vor Längerem hatten wir bemerkt, dass etwas mit ihm nicht stimmte. Wir dachten, es wären die Kälte und der Hunger und die Schwäche, die damit einherging. Doch etwas schien ihn von innen her aufzufressen. Es saß ihm in den Gliedern, hinter den Augen, und es belegte seine Stimme, wenn er leise jaulte und jammerte. Sein Futter nahm er ins Maul, schwenkte es hin und her, als wollte er spielen, und ließ es dann fallen. Innerhalb weniger Tage war er greis geworden. Er erinnerte sich nicht mehr daran, wie man spielte. Hin und wieder schleppte er sich noch zu mir und legte mir sein warmes, feuchtes Kinn in den Schoß. Selbst die Kraft, sich vor mir zu fürchten, hatte ihn verlassen.

Vielleicht erlösten wir ihn, vielleicht taten wir ihm ein Leid. Er schien zu ahnen, was passieren würde, als mein Vater ihn im Nacken packte und hinter sich her durch den Hof zerrte, um ihn in den Garten zu bringen. Obwohl der Hund die Tage zuvor nur noch gelegen war und kaum etwas zu sich genommen hatte, leistete er auf einmal heftigen Widerstand. Er stemmte die Pfoten in den harten Winterboden und jaulte, hell und schrill. Die anderen Hunde standen wie erstarrt an ihren Ketten, so als sähen sie ein Unrecht, das sie nicht verhindern konnten.

Wenn mein Vater Tiere tötete, kannte er kein Erbarmen. Ich hatte seine Hand noch nie zittern sehen, wenn sie das Schlachtmesser hielt. Der schwarze Hund würde hinten im Hof sterben, egal, wie sehr er sich wehrte.

Als mein Vater dem Tier einen ungeduldigen Tritt verpasste, kam mir der Gedanke, dass er grausam war. Dass da neben den guten Augen und den behutsamen Gesten noch etwas anderes war, von dem ich nichts wusste, weil ich sein Kind war.

Er hatte den Hund bis zum Schuppen geschleppt, Schweiß stand ihm auf der Stirn. »Geh ins Haus«, sagte er mit zusammengebissenen Zähnen.

»Bitte, Tata, lass ihn.«

Er ignorierte mich. Vielleicht war das seine Rache. Womöglich hatte er dem Hund seit dem Tag nicht verziehen, als er sich in meiner Hand verbissen hatte.

Es schien eine halbe Ewigkeit zu dauern, bis den Hund die Kräfte verließen. Auf einmal musste mein Vater ihn beinahe tragen. Als er ihn durch die Schuppentür zog, wandte der Hund den Kopf zu mir. Speichel troff ihm aus dem Maul. Mir wurde schlecht vor Mitleid.

Mit schnellen Schritten ging ich zu meinem Vater und nahm ihm den Hund ab. Er war kalt, viel zu kalt, so als wäre er schon tot. Ich brachte ihn in den hinteren Teil des Gartens, wo alles braun und kahl war.

Als ich ihn absetzte, trugen ihn seine Beine nicht mehr. Er sank zu Boden und bettete den Kopf zwischen die Pfoten. Ich kniete mich neben ihn, dann zog ich ihn vorsichtig in meinen Schoß. Er wehrte sich nicht. Aus den Augenwinkeln sah ich, wie mein Vater sich näherte. Er hatte das Schlachtmesser geholt.

Ich wollte ihn nicht anschauen, ich wollte nichts sehen von seiner Ungeduld. Schon als ich ein Kind war, hatte er mir erklärt, ich müsse kein Mitleid haben, wenn wir die Tiere töteten. Dass wir sie nicht aus Lust töteten, sondern nur, weil wir ihr Fleisch essen wollten oder weil sie krank waren und litten.

Der Hund war ruhig geworden. Ich hielt ihn im Schoß, und er schaute in den Garten. Seine Flanke hob und senkte sich. Eine Hand ließ ich auf seinem Kopf liegen, die andere streckte ich nach hinten, meinem Vater entgegen. Er zögerte einen Moment, doch dann gab er mir das Messer. Ich zog den Hund im Nacken nach oben und schnitt ihm mit einer kräftigen Bewegung die Kehle auf. Er fuhr heftig zusammen und wand sich einige Sekunden in meinem Griff. Dann zuckte er noch einmal schwach, und Blut lief über meinen Mantel. Bald starrte der Hund ins Leere.

Das Blut, das die Steine im Hof nicht beflecken und in der Erde versickern sollte, durchtränkte meine Hose, ich fühlte die Wärme auf den Oberschenkeln. Mein Blick ruhte auf dem kahlen Garten, über dem dichte Winterwolken hingen. Auf dem braunen Gras und den leeren Beeten. Wäre der Hund doch im Sommer gestorben.

***

Wir waren alle wieder zusammen. Und wir zündeten Kerzen an gegen die Angst vor leeren Tellern und kalten Zimmern.

Hans brachte ein Buch mit, das er bei sich zu Hause gefunden hatte. Seine Mutter hatte es ihm und seinem Bruder vorgelesen, als sie noch Kinder gewesen waren. Es war ein schön illustrierter Band mit allen möglichen Märchen. Manche kannte ich, von anderen hatte ich noch nie gehört. Erst kam es uns seltsam vor, als Hans den Vorschlag machte, uns aus dem Buch vorzulesen. Meine Eltern nickten höflich und rutschten unbehaglich auf ihren Stühlen herum. Doch kurz nachdem er zu lesen begonnen hatte, stand meine Mutter schon auf und stocherte im Feuer. Allein Ioana saß ruhig da und hörte mit geschlossenen Augen zu.

Es war nur beim ersten Mal so seltsam. Bald waren uns die Geschichten von traurigen Nixen, von Ranken, die in den Himmel wuchsen, und Gänsen, die goldene Eier legten, vertraut und selbstverständlich. Nicht alle Märchen waren schön, viele waren ungerecht, und uns taten die Helden leid, die so dumm waren, weil sie unbedingt wie Helden sein wollten.

Manchmal, wenn Hans das Buch nicht von selbst zur

Hand nahm, erinnerte meine Mutter ihn daran wie an eine Regel, die wir nun eingeführt hätten. Hans las uns durch die Wintertage. Obwohl ich wusste, dass es keinen Sinn hatte, betete ich darum, dass jetzt alles so bleiben würde, wie es war.

Doch der Winter hatte begonnen, die Leute zu zermürben. Etwas veränderte sich. In der Fabrik, in den Schlangen vor den Lebensmittelläden und in den Zügen hörte ich immer öfter, wie jemand seine Wut unverhohlen äußerte und sich dabei umsah ohne Angst, belauscht zu werden. Es war beinahe so, als würden sie sich vergewissern, dass man sie hörte.

An einem Abend Mitte Dezember empfing Hans und mich schneidende Kälte, als wir die Fabrik verließen. Ich hatte an der Tür auf ihn gewartet, er wollte noch mit einem Kollegen reden. Die beiden steckten die Köpfe zusammen und schienen zu diskutieren. Am Ende gaben sie sich lange, fast feierlich die Hand, und als Hans auf mich zukam, konnte ich nicht erraten, ob er ängstlich oder froh aussah. Im Zug war er fahrig. Immer wieder meinte ich, er würde gleich etwas erzählen, aber er schwieg.

Später saßen wir bei meinen Eltern in der Küche. Im Kerzenlicht tanzten Schatten an den Wänden, und neben dem Kamin regten sich verschlafen die Hühner, die wir wegen der Kälte ins Haus geholt hatten. Bald würden wir sie schlachten müssen, aber sie waren so mager, dass es schien, als wären ihre Köpfe zu schwer für ihre dürren Hälse. Beim Essen hatten wir über nichts anderes geredet als über die Versammlungen vor dem Haus des ungarischen Pfarrers, der in eine andere Gemeinde zwangsversetzt werden sollte. Nur Hans hatte nichts dazu gesagt.

Nachdem das Geschirr abgeräumt war, schob ihm meine Mutter lächelnd das Buch über den Tisch. Gedankenverloren nahm er es und wog es eine Weile in den Händen, als hätte er vergessen, was er damit anstellen sollte. Dann legte er es energisch auf den Tisch zurück.

»Morgen gehen die Kollegen zusammen in die Stadt«, sagte er laut und sah uns der Reihe nach an. Er holte tief Luft. »Wir gehen demonstrieren.«

Wie versteinert saßen wir da und starrten ihn an. Mein Vater fasste sich als Erster.

»Das ist zu gefährlich«, sagte er, ruhig und langsam. »Hast du davon gewusst?«

Ich schüttelte den Kopf.

»Da geht ihr nicht hin«, schaltete meine Mutter sich ein. »Keiner von euch.«

Hans beugte sich über den Tisch. »Natürlich gehen wir da hin. Alle Leute aus den Fabriken werden kommen.« Er schaute mich erwartungsvoll an. Ich zögerte und wich den Blicken meiner Eltern aus.

»Ich gehe mit«, sagte ich schließlich leise.

Mein Vater schlug mit der flachen Hand auf den Tisch. »Willst du ins Gefängnis kommen?«, rief er.

»Wir passen schon auf«, sagte Hans. Er legte einen Arm um meine Schulter.

Hilflos schaute ich meine Mutter an, die uns schweigend musterte. Sie hatte die Arme verschränkt. Im Kerzenlicht sah sie alt aus, mit den Falten auf der Stirn und dem verkniffenen Zug um den Mund.

Mein Vater bettelte und drohte uns. Er wollte uns hinauswerfen und bat uns zu bleiben. Am Ende gingen wir doch. Wir ertrugen weder seinen Zorn noch das anklagende

Schweigen meiner Mutter. Auf dem Weg zu Hans weinte ich, das Wasser lief mir aus der Nase und gefror über der Oberlippe. Das ganze Dorf lag wie erstarrt, die Dächer leuchteten unter dem Mondlicht weiß im Frost. Hans ging neben mir und schaute zu Boden. Vor seinem Haus holte ich ein paar Mal schluchzend Luft, ich versuchte, mich zu beruhigen.

Verzweifelt schaute Hans mich an. »Anna«, sagte er, »du bist doch kein Kind mehr.«

»Nein.« Ich lachte, weil er so dumm war, und rieb mir mit dem Jackenärmel über die Wange. »Nein, bin ich nicht.«

Später lag ich unter der klammen Decke, hörte Hans neben mir atmen und merkte, dass er ebenfalls nicht schlief. Die Kälte knackte im Dach und in den Fensterrahmen. Das Geräusch ließ mich jedes Mal aufschrecken, wenn ich es wagte, die Augen vor der Dunkelheit um uns herum zu schließen.

Es dämmerte bereits, als ich erwachte. Etwas stimmte nicht. Ich richtete mich auf, das Blut rauschte mir in den Ohren. Ich betrachtete den Stuhl, der in der noch nachtdunklen Ecke stand. Die Kleider, die dort am Vorabend gelegen waren, waren fort. Der Gürtel, die Hose, der Pullover, das Unterhemd, alles fort. Ich legte die Hand an meine verschwitzte Wange, dann über meine Augen. Ich drückte gegen die Lider, bis ich bunte Punkte sah, und als ich die Augen wieder öffnete, war der Stuhl immer noch leer.

Langsam tastete ich mich zur Tür, mied die knarzenden Dielen und trat hinaus auf den Gang. Ich ging die Stiege nach unten bis zu den Haken, wo die Mäntel hingen. Zwischen zwei Mänteln klaffte eine Lücke, am erloschenen Kamin fehlte ein Paar Stiefel.

Es war totenstill im Haus. Durch die vereisten Fenster sah ich den Reif auf den Steinen im Hof, auf dem Riegel vor der Scheune und auf den knotigen Ästen der Weinreben. Ich stützte die Ellbogen auf die Fensterbank und vergrub den Kopf in den Händen. Wie hatte ich so tief schlafen können? Ich hätte doch spüren müssen, wie das Bett um mich herum leichter wurde. Ich hätte doch die Dielen hören müssen, die knackten, wenn man darauftrat, wie die Schnalle des Gürtels über den Holzstuhl rieb, die barfüßigen Schritte und die Tür, die sich öffnete und wieder schloss.

Ich setzte mich auf den Boden und schlang die Arme fest um meine Knie. Ich hätte vor Wut schreien können. Das Schlimmste war, dass ich mir das gewünscht hatte. Als ich mich am Abend zuvor ins Bett gelegt hatte, starr vor Furcht, wünschte ich mir nichts mehr, als vergessen zu werden. Zurückgelassen zu werden. Im Schlaf, im Dorf, irgendwo, nur um nicht mitkommen zu müssen in die Stadt. Hans hatte das gewusst, und weil er wusste, dass ich verraten werden wollte, verriet er mich.

Meine Lider brannten, ich war steif vor Kälte. Ich nahm die Stiege nach oben in Hans' Zimmer, um mich anzuziehen. Bevor ich ging, machte ich das Bett und öffnete die Läden. Seine Eltern würden jeden Moment aufstehen.

Ich nahm meinen Mantel vom Haken und schlüpfte in die Stiefel, dann stahl ich mich aus dem Haus. Als ich mich auf der Straße umwandte, in die Richtung, in der der Bahnhof lag, fragte ich mich für einen Moment, ob ich ihm nachfahren sollte. Aber Hans hatte das zu vermeiden gewusst. Er hatte mir nichts gesagt, kein Wort über einen Treffpunkt oder eine Uhrzeit, und ich hatte ihn nichts gefragt.

***

Die Unruhen kamen nicht bis in unser Dorf, ins Dorf kam nur die Angst. Wie Hochwasser leckte sie an den Häusern, und wir verkrochen uns in den Stuben, am Feuer, in den Betten. Wir hörten von schrecklichen Dingen, die in der Stadt geschehen sein sollten. Davon, wie sie die Leute vor den Kirchen und auf den Plätzen erschossen hatten. Dass Panzer in den Straßen fuhren und keiner mehr nach Hause kam, dass sie jetzt dort festsaßen.

Seit Tagen hatten wir nichts von Hans gehört. Ich verfluchte mich für meine Feigheit. Bei allem, was ich tat, überkam mich eine solche Wut, dass ich kein Messer halten konnte, keinen Schürhaken und keine Axt, ohne die Angst, mich zu vergessen. Nachts stand ich am Fenster, starrte in die Dunkelheit und suchte die Straße ab nach einem Schatten, der sich auf unser Haus zubewegte. Alles andere war undenkbar. Alles andere wollte ich mir nicht vorstellen, weil es mich würgte vor Furcht.

Der Ton zu Hause war rauer geworden, die Gesten harsch, und wir waren gereizt, so gereizt, dass wir uns hassten. Wir beherrschten uns nur, weil wir keine Tiere waren. Diese Selbstbeherrschung war das Letzte, was mir an uns noch menschlich erschien. Wenn man nicht schläft, wenn man kaum isst und friert und sich immer nur fürchtet, vergisst man, wer man ist. Und wer die anderen sind.

Ich vergaß, dass ich ein Feigling war. Nachdem Hans den dritten Tag in Folge nicht nach Hause gekommen war, nahm ich spätabends meinen Mantel von der Garderobe in der Küche, dann öffnete ich leise die Tür. Die Nacht war klar und die Luft so kalt, dass mir die Haut schmerzte. Über dem Dorf standen unzählige Sterne, so als hätten sich selbst am Himmel Eisblumen gebildet, die nun langsam den Horizont herunterwuchsen. Erst jetzt merkte ich, dass ich in der Eile meinen Schal und meine Mütze im Haus hatte liegen lassen. Ich war hinausgegangen, ohne zu denken. Ich zerrte den Mantel enger um mich und duckte das Gesicht in den Kragen.

Meine Schritte knirschten auf dem gefrorenen Boden, als ich zum Tor ging. Ich hatte Mühe, es zu öffnen. Krachend brach das Eis, ich schob den Riegel auf. Besorgt sah ich zum Haus zurück. Ich konnte nur hoffen, dass meine Eltern nicht ebenso schlaflos waren wie ich.

Nachdem ich das Tor hinter mir geschlossen hatte, beschleunigte ich meine Schritte. Hinter den Zäunen blieb es ruhig, nicht einmal ein Hund schlug an. Einen Moment lang befürchtete ich, nur zu träumen.

Ich versuchte, mich zu konzentrieren. Zu Fuß waren es mindestens zwei Stunden bis in die Stadt. Zwei Stunden und eine dunkle Straße gesäumt mit Maulbeerbäumen. Die waren so dick, dass sie auch im Winter dichte Schatten warfen. Es würden zwei lange Stunden werden.

Ich war schon am Ende der Gasse angelangt, als ich ein Tier schreien hörte. Mit klopfendem Herzen drehte ich mich um und kniff die Augen zusammen, die in der Kälte tränten. Im Licht der Mondsichel, das der Raureif zurückwarf, entdeckte ich eine weiß gekleidete Gestalt am anderen Ende der Straße. Sie rannte auf mich zu.

Hastig legte ich den Mantel ab. Ich warf ihn meiner Mutter um die Schultern, als sie vor mir stand. Sie trug nur ihr Nachthemd, Strümpfe und Hausschuhe.

»Wo willst du hin?«, schrie sie. Sie ballte die Fäuste und schlug mir gegen die Brust. »Sag, wo willst du hin?« Sie sah furchterregend aus, ich hatte sie nie so gesehen. Ich wollte ihr antworten, aber sie ließ mich nicht. Sie packte mich, ihre Finger bohrten sich in meine Haut.

»Du stirbst.« Sie schüttelte mich. »Du stirbst, wenn du in die Stadt gehst.«

Entsetzt schaute ich sie an. Sie war meine Mutter, sie wusste von den Ungeheuern unter meinem Bett und in meinem Schrank. Sie erinnerte sich an die Drohungen, die gewirkt hatten, wenn sonst nichts mehr half. Ich hatte Angst vor ihr. Und ich glaubte ihr jedes Wort.

»Ja«, sagte ich mit dünner Stimme. »Ich geh nicht.«

Sie ließ die Arme sinken. Wir schlotterten beide vor Kälte. Mein Mantel hing ihr nutzlos über einer Schulter, sie schien ihn nicht einmal zu bemerken.

»Wie kannst du uns das antun«, flüsterte sie, wieder und wieder, und wiegte dabei den Kopf. Ich legte mir die Hände auf die Ohren, aber ich hörte sie trotzdem noch.

»Mama, was ist, wenn er tot ist?«

Sie verstummte. Selbstvergessen zog sie sich den Mantel über die andere Schulter. Sie schüttelte den Kopf, als würde sie einen Gedanken verscheuchen.

»Dann leben wir trotzdem weiter«, sagte sie.

Schweigend gingen wir nach Hause, sie einen Meter vor mir, und ich folgte ihr. Im Haus wünschten wir einander leise Gute Nacht, bevor wir die Türen unserer Zimmer hinter uns schlossen, um auf den Morgen zu warten.

***

Bis tief in die Nacht lag ich da, mit offenen Augen, und stellte mir vor, dass Hans tot war. Ich stellte mir vor, wie seine Eltern ins Krankenhaus fuhren, wie eine müde Schwester ein Laken von seinem Körper nahm und seine Eltern die Hände vor den Mund schlugen. Wie sie irgendwann, als würden sie sich an eine Pflicht erinnern, anfingen zu nicken und nicht mehr damit aufhörten. Das Nicken mitnähmen aus dem Krankenhaus, mit auf die Straße, ins Dorf, bis an unsere Türschwelle, wo sie nicken würden, wenn wir sie nach Hans fragten. Sie würden nicken beim Pfarrer, wenn er vorschlüge, beim Begräbnis dieses und jenes zu sagen, und nicken, wenn die Frauen Kränze banden und die Schleifen mit schwarzen Rändern bemalten. Ihr Nicken würde sich übertragen auf die, die es sähen. Auch auf mich, und ich würde nicken, wenn man sich erkundigte, ob es mir gut gehe. Wenn man mir Dinge über Hans sagte, über sein Leben, das dann einfach vorbei wäre, von einem Tag auf den anderen.

Ich stellte mir Hans' Begräbnis vor. Die Kälte, die kein Sargloch zuließe, sodass man seine Asche in einer Urne bestatten müsste. Ich stellte mir vor, wie ich nicht würde glauben können, dass man Hans in einem Ofen verbrannt hatte. Dass das Fleisch von seinen Knochen geschmolzen war, bevor sie begonnen hatten zu glühen und zu zerfallen. Ich stellte mir vor, wie der Pfarrer spräche, wie alle weinten und dabei zum Himmel beteten und wie ich mich fragen würde, was das sein sollte, der Himmel, und wie man sich denken konnte, dass jemand dorthin kam. Wie sollte es denn sein in der Ewigkeit? Was sollte man schon tun, die ganze Ewigkeit lang, wenn man jung gestorben war und warten musste, bis die anderen nachkamen? Und wenn sie dann irgendwann kamen, wie sollte dieses Wiedersehen überhaupt werden? Schließlich waren sie alt geworden, während man selbst so jung gestorben war. Was sollte man reden mit diesen alten Leuten, die man nur jung gekannt hatte? Wie sollte man ihnen verzeihen, dass sie ein ganzes Leben gelebt hatten, dass sie glücklich gewesen waren und einen vergessen hatten, während man selbst vereinsamt war in der Ewigkeit?

Ich fuhr aus dem Schlaf und schnappte nach Luft. Schnell öffnete ich die Schublade meines Nachtschranks und holte die Zündhölzer heraus. Erst das dritte zerbrach mir nicht zwischen den Fingern, und als die Kerze endlich brannte, stand ich auf und ging mit ihr durch das ganze Zimmer. Ich ging in jede Ecke, hielt die Flamme in die Dunkelheit. Schließlich stellte ich die Kerze ab und setzte mich auf die Bettkante. Erst da fiel mir ein, wie mich früher oft die Schritte meiner Großmutter geweckt hatten, als sie und ich noch in einem Zimmer schliefen. Häufig war ich damals aufgewacht und sah meine Großmutter mit einer Kerze auf und ab gehen, jeden Meter mit dem Licht abmessend. »Was machst du?«, fragte ich, und sie fuhr zusammen. Die Kerze in ihrer Hand zitterte.

»Etwas hat mich aufgeweckt«, flüsterte sie nur, und ich nickte, als würde ich verstehen.

Ich wagte es nicht, die Kerze wieder zu löschen. Mir fielen die Augen zu, die Kälte kroch mir die Beine hinauf. Als mir der Kopf zum wiederholten Mal auf die Brust sank, stand ich auf und öffnete das Fenster. Durch die Läden drang frostige Luft ins Zimmer, der Riegel war eingefroren. Bei dem Versuch, ihn zu öffnen, rutschte ich mehrmals ab, und das spröde Holz riss an meinen vor Kälte schmerzenden Fingerkuppen. Irgendwann löste der Riegel sich doch, und ich stieß die Läden hinaus in den Morgen, der noch stockfinster war. Ich ging zum Bett zurück und warf mir die Decke um die Schultern. Ich zog mir einen Stuhl ans Fenster und setzte mich so, dass ich den Himmel gerade noch sehen konnte. Er war schwarz und mittlerweile fast leer von Sternen.

»Anna.« Jemand berührte mein Gesicht, ich schreckte auf. »Anna«, sagte meine Mutter noch einmal. Ihre Hände lagen an meinen Wangen, und ich wunderte mich. Nicht über ihre nassen Wimpern und nicht über ihre Lippen, die zugleich zitterten und lächelten. Ich wunderte mich über die Wärme ihrer Hände auf meiner Haut und über ihre Stimme, die so klang, als würde sie mir ein Geschenk versprechen. Doch dann erwachte ich vollends, sah das morgenhelle Zimmer, das verweinte Gesicht meiner Mutter und ihr zerwühltes Haar. Ich fasste sie an den Handgelenken.

»Was ist passiert?«

Sie schluchzte oder lachte, ich konnte es nicht unterscheiden. Sie ging vor mir auf die Knie und lehnte sich an meine Beine. Dann hob sie den Kopf und blickte zu mir auf.

»Der Hans ist wieder da«, sagte sie.

Ich stand auf und lief zur Tür. Ich übersprang mehrere Stufen auf der Stiege und stürzte in die Küche, aus der mir die Hitze des Ofens entgegenschlug. Mein Vater und Hans saßen am Tisch, nicht einander gegenüber wie sonst, sondern nebeneinander, sodass ihre Schultern sich leicht berührten. Mein Vater bewegte die Lippen und hielt inne, als ich die Küche betrat. Er hob den Blick, er sah schlimm aus.

Ich wusste nicht warum, ich wollte es auch gar nicht wissen. Ich wollte auch nicht wissen, warum meine Mutter zur selben Zeit gelacht und gezittert hatte, so als würde sie sich immer noch fürchten. Die Furcht war doch jetzt vorbei.

Hans war bleich. Er war so bleich, dass ich meinte, die Knochen wie Schatten unter seiner Haut zu sehen. Als ich zu ihm ging, erkannte ich, dass seine Mundwinkel rissig waren. Seine Augenlider waren rot und dick. Ich versuchte zu lächeln. Er lächelte schwach zurück, doch er blieb sitzen und hielt die Arme im Mantel verschlungen, als würde er frieren. Ich hörte die Stiege knarren und drehte mich zu meiner Mutter um, die am Treppenabsatz stand und immer noch weinte.

Ich ging neben Hans in die Hocke. Hilflos legte ich beide Hände auf seine Knie, und er lächelte unentwegt.

»Was ist denn?«, fragte ich.

Da erst zog er vorsichtig einen Arm aus dem Mantel. Seine Hand war dick verbunden, und ich merkte, dass etwas nicht stimmte. Ich strich über die Stelle, vom Handgelenk aufwärts bis zu seinem Ellbogen und wieder zurück.

Mein Vater stand vom Tisch auf. Er ging zu meiner Mutter, die sich auf die letzte Stufe gesetzt hatte und den Kopf ans Geländer lehnte. Mein Vater stellte sich vor sie. Ich konnte keines ihrer Gesichter sehen, aber ich glaube, sie schauten einander an.

Hans legte die unverbundene Hand auf meine, und ich drehte mich wieder zu ihm. »Ich will schlafen«, sagte er so leise, dass nur wir beide es hörten. Ich nickte.

Mühsam stand er auf. Er schwankte und stützte sich an der Tischkante wie ein alter Mann. Ich hielt den Arm um seine Hüfte, weil ich Angst hatte, er könnte stürzen. Meine

Eltern machten uns Platz, stumm und mit großen Augen sahen sie uns an. Auf der Treppe dachte ich einen Moment lang, Hans würde es nicht bis nach oben schaffen. Ich hielt ihn, bis wir in meinem Zimmer waren, wo wir die Tür hinter uns schlossen. Hans fiel ins Bett und schlief ein wie jemand, der noch nie geschlafen hatte.

***

Es begann zu schneien, eine weiße Wand aus dichten Flocken stand vor den Fenstern. Nachdem Hans eingeschlafen war, hatte ich die Decke angehoben, um mir seine Hand anzusehen. An der Stelle, wo der Zeigefinger gewesen war, war der Verband am dicksten. Er schlang sich von dort aus über den Handrücken bis um das Gelenk. Der Stoff sah sauber aus, wie frisch verbunden.

Sachte zog ich die Bettdecke wieder über Hans' Schulter. Ich ging ans Fenster, die Kälte starrte ins Zimmer. Alles tat mir plötzlich weh, so als hätte ich seit Tagen ohne Unterbrechung jeden Muskel meines Körpers angespannt. Ich krümmte die Finger zur Faust und drückte sie gegen den Mund, bis meine Lippen taub waren. Ich horchte auf Hans' Atemzüge und fing an, sie zu zählen. Bei fünfzig beruhigte ich mich. Leise öffnete ich die Tür und verließ das Zimmer.

Meine Mutter saß allein in der Küche, vor ihr auf dem Tisch stand ein Glas Wasser, das sie zwischen den Fingern drehte. »Schläft er?«

Ich nickte. Ich hatte nach draußen gehen wollen, ohne

Mantel in die Kälte. Ich wusste nicht, wie ich sonst diese Lähmung abschütteln sollte, dieses Gefühl der Untätigkeit. Dabei war es jetzt für alles zu spät, was ich hätte tun können.

»War er im Krankenhaus?«, fragte ich und setzte mich zu meiner Mutter.

»Ja. Er hätte noch bleiben müssen, aber er wollte nicht.« Sie schüttelte den Kopf. »Er hat nicht erzählt, was passiert ist. Dass es schlimm war, das hat er gesagt.«

Wir schwiegen. Wir schwiegen, bis es schmerzte. Aber wir hielten es aus, wir hatten jahrelange Übung.

»Wir hätten demonstrieren gehen sollen«, sagte ich irgendwann. Ich war erschöpft, und es war mir alles egal, doch meine Mutter brauste nicht auf, wie ich es erwartet hatte. Sie legte den Kopf zur Seite und stützte ihn in die Hand. So nickte sie. Als würde sie sich langweilen. Als wäre auch ihr alles egal.

»Warum sind wir nicht hin?« Ich presste die Finger gegen die Schläfen, schaute in meinen Schoß und dann auf meine Mutter. Ihre Haltung hatte sich nicht verändert. Den Kopf schiefgelegt, starrte sie reglos in eine Ecke, so lange, bis ich meinte, sie hätte mir nicht zugehört.

»Wir sind doch nur Frauen, Anna«, sagte sie schließlich. »Was hätten wir denn machen sollen?« Sie hielt inne. Dann setzte sie sich aufrecht hin und streckte einen Arm über den Tisch, bis ihre Hand neben meiner lag. Doch sie berührte mich nicht. Mit großen Augen sah sie mich an. »Aber ich bete«, sagte sie, und ihre Mundwinkel zuckten, »ich bete, dass er elendig verreckt. Er und seine Frau.«

Ich schluckte. Ich berührte ihre Finger, die heiß waren, obwohl es mich fröstelte, weil keiner mehr Holz aufgelegt hatte. Ich wollte ihr zustimmen, doch auf einmal entzog sie sich meinem Griff.

»Nein«, sagte sie bestimmt. »Sowas soll man niemandem wünschen.«

»Mama«, fing ich an, doch sie fiel mir ins Wort.

»Es ist zu kalt«, sagte sie und schaute auf den Ofen. Sie stand auf und nahm ein Scheit aus dem Holzkorb. Mit spitzen Fingern öffnete sie die Ofentür und legte es hinein. »Die Hauptsache ist doch«, sagte sie, während sie mit dem Schürhaken das Holz in der Glut hin und her schob, »dass der Hans wieder da ist.«

Als ich zurück in mein Zimmer ging, schlief Hans ganz ruhig. Seine Stirn war feucht und glänzte, die verbundene Hand lag auf seiner Brust. Ich setzte mich auf den Boden und legte meinen Arm neben seinen Körper. Nach einer Weile spürte ich die Wärme, die von ihm ausging. Vorsichtig bettete ich den Kopf auf die Matratze und schloss die Augen.

***

»Das ist doch alles gar nicht echt«, hatte meine Mutter immer gesagt, wenn ich mich als Kind vor etwas im Fernsehen gefürchtet hatte und zu ihr gerannt war, um den Kopf in ihrem Schoß zu vergraben. Wenn ich ihr von langen Zähnen und gelben Augen erzählte, lachte sie die Bilder einfach fort und sagte, das sei doch alles nicht echt. Ganz konnte ich es ihr nie glauben, ich schaute immer noch einmal unter mein

Bett und in meinen Schrank, bevor ich schlafen ging. Und wenn ich die Hände zum Nachtgebet faltete, bat ich inständig darum, dass sie wirklich recht hatte.

Als wir die Ceaușescus im Fernsehen sterben sahen, ging meine Mutter aus dem Zimmer. Auf sie würde draußen keiner warten, der die Bilder verscheuchte. Vor der Tür war nur der Winter, dessen strenger Wind manchmal den Geruch aus der Stadt zu uns trug. Zumindest bildete ich mir das ein. Dass manche Momente im Dorf metallisch rochen und verbrannt.

Mein Vater schaltete das Gerät aus, als es vorbei war. In Ioanas Wohnküche wurde es still. »Ich geh in die Stadt«, sagte ich, ein bisschen zu laut. Mein Vater und Ioana starrten mich an.

»Schau dir das nicht an.« Hans' Stimme klang schwach, er sah klein aus zwischen den dicken Polstern von Ioanas Sessel. Jede Nacht erwachte ich, wenn er Schmerzen hatte. Dann rollte er sich zusammen wie ein Kind und atmete etwas schneller. Doch ansonsten gab er keinen Laut von sich.

»Ich muss hin«, sagte ich. »Ich muss sehen, was passiert ist.«

Ich hätte es sonst nicht glauben können. So wie ich die Toten nicht glaubte, die ich nicht gesehen hatte. Als mein Großvater gestorben war, hatte ich Beweise gefordert, ich hatte in sein wachsweißes Gesicht schauen wollen. Ich hielt es kaum eine Minute aus, dann nickte ich, und meine Mutter führte mich aus dem Zimmer. War das eine Erinnerung? Oder hatte mir jemand davon erzählt? Das Bild war so klar, als wäre es erst gestern gewesen. Und dabei hatte ich Mühe, mich an die Stimme meiner Großmutter zu erinnern. Oder daran, was Misch in der Nacht von Hans' Geburtstag gesagt hatte. Es war seltsam, welche Erinnerungen mir blieben und was ich vergaß.

Vielleicht würde ich mich irgendwann auch nicht mehr an den Tag erinnern, an dem Hans zurückgekommen war, obwohl ich mir heute so sicher war, dass ich ihn niemals vergessen konnte. Den Tag, als der Schnee die Fenster zudeckte und es innen warm und rußig wurde und Hans sicher in unserem Haus schlief.

»Anna.« Mein Vater hob die Stimme. »Hör mir bitte zu, Anna. Bleib lieber hier.«

Ohne zu antworten, erhob ich mich. Mein Vater verschränkte die Arme vor der Brust.

Hans sah zu mir hoch. »Ich komm nicht mit«, sagte er leise.

Lächelnd schüttelte ich den Kopf. Ich legte ihm kurz die Hand auf die Schulter, dann zog ich meinen Mantel an und ging nach draußen.

Meine Mutter stand im Hof und schaute in den Himmel.

»Ich geh in die Stadt.«

Zu meinem Erstaunen nickte sie, ohne den Blick abzuwenden.

»Mama.«

»Hm?«

Ich räusperte mich und ahmte ihren Tonfall nach. »Das im Fernsehen ist doch alles nicht echt«, sagte ich und stieß ihr leicht den Ellbogen in die Seite.

Verständnislos sah sie mich an. Es dauerte eine Weile, bis sie begriff, dann prustete sie los und presste im nächsten Moment erschrocken die Hand auf den Mund. Sie zögerte, schließlich aber nahm sie die Hand weg und lachte. Laut und lange. So glockenhell, dass es bis auf die Straße zu hören war.

***

Was mir als Erstes auffiel, war die Stille. Als ich in eine der dichter bebauten Straßen in der Nähe des Zentrums einbog, blieb ich stehen. Ich hatte plötzlich das Gefühl, es gehöre sich nicht, mit einem Fahrrad durch diese Stadt zu fahren. Ich lehnte es an die Regenrinne an einer Hauswand und merkte mir die Adresse. Doch als ich zu Fuß weiterging, fühlte sich auch das falsch an, und ich fragte mich, was hier überhaupt einmal wieder richtig sein würde.

Die Stille hörte nicht auf. Je weiter ich ging, desto dichter und greifbarer schien sie zu werden, bis ich meinte, alle Fenster und Türen müssten unter ihrem Druck aufspringen. Als ich zehn Minuten so gegangen war, fuhr zum ersten Mal ein Auto an mir vorbei. Der Motor dröhnte ungewöhnlich laut und hallte lange nach, auch als das Auto schon längst nicht mehr zu sehen war.

Vor den Wohnblocks wühlten dürre Katzen im Abfall, der aus den ungeleerten Tonnen gefallen war. Keiner kam, um sie zu vertreiben. Ich ließ den Blick an den mehrstöckigen Häusern nach oben wandern und sah, dass kein einziges Fenster offen stand. Viele Scheiben waren dunkel, sie waren von innen abgedeckt worden.

Im Erdgeschoss eines Hauses waren drei Fenster zerbrochen, unter dem mittleren war ein schwarzer Fleck auf dem Boden. Mich graute, ohne dass ich genau verstand warum. Warum mich ausgerechnet vor diesen drei Fenstern mit dem schwarzen Fleck darunter so graute.

Ich schritt schneller aus. Ich lief an verrammelten Türen vorbei, vor denen schwere Holzmöbel standen, aufgetürmte

Stühle und sogar ein Ohrensessel, aus dem das Futter quoll. Endlich erreichte ich die Straße, die zum Opernplatz führte. Ich ging um die Ecke und blieb erschrocken stehen. Ich hatte nie einen Panzer gesehen, und plötzlich stand da einer, mitten auf der Straße. Die Kanone zielte in meine Richtung, sodass ich unwillkürlich bis zu einer Hausmauer zurückwich. Ich betrachtete den Panzer, als wäre er etwas Lebendiges, das sich jeden Moment in Bewegung setzen könnte. Doch nichts geschah. Vorsichtig schob ich mich an der Mauer entlang auf ihn zu. Auf einmal hörte ich ein helles Lachen, zwei Kinder kamen hinter dem Panzer hervor. Dicht neben ihm blieben sie stehen. Das größere der beiden beugte den Rücken, ging in die Knie und hielt die Hände verschränkt, sodass das kleinere den Fuß hineinstellen konnte. Als es den anderen Fuß schwungvoll vom Boden hob, verloren beide das Gleichgewicht. Kreischend kippten sie gegen den Panzer. Als ich mich ihnen näherte, rissen sie erschrocken die Augen auf. Der ältere Junge zerrte den anderen am Jackenärmel, sie drehten sich um und liefen fort. Ein Stück weiter verschwanden sie in einem Hauseingang.

Ich verschränkte die Arme und schob die Hände unter die Achseln. Ich zitterte. Ohne den Blick zu heben, ging ich an dem Panzer vorbei bis zum Ende der Straße, wo sie sich zum Opernplatz hin öffnete.

Alle Menschen, nach denen ich in den stillen Straßen vergeblich Ausschau gehalten hatte, schienen hier zu sein. Sie klebten Kartons über zerbrochene Schaufenster, sie kehrten Scherben zusammen und füllten Müllsäcke mit Resten von kaputten Möbeln und zertretenen Pappschildern. Sie hoben Fahnen auf und Transparente, von denen nichts übrig war als zerrissene Worte, Buchstaben ohne Sinn. Manche liefen über den Platz, den Kopf zwischen die Schultern geduckt, und sahen nicht nach links oder rechts. Und einige standen wie ich irgendwo auf dem großen Platz und rührten sich nicht. Ließen den Blick umherschweifen über Scherben, Blutflecken und verlorene Schuhe. Bei der Kathedrale standen die meisten Leute, vor ihnen lagen Kränze und brannten Kerzen. Ich taumelte rückwärts in die Straße, aus der ich gekommen war. Plötzlich wurde ich mir meiner leeren Hände bewusst, ich war ohne irgendeine Hilfe gekommen. Mit gar nichts.

Ich erschrak, als mir jemand auf die Schulter tippte. Ein Junge, so groß wie ich, aber mit den Zügen eines Kindes, stand dicht hinter mir und lächelte. Er hatte schlechte Zähne und schmutzige blonde Haare und war zu dünn gekleidet. Er zitterte, um seine Lippen hatte sich ein bläulicher Rand gebildet. Ich wich einen Schritt vor ihm zurück.

»Entschuldigung, Entschuldigung.« Er lächelte unentwegt, wobei sein Blick auf einen Punkt hinter mir geheftet war. »Entschuldigung«, sagte er noch einmal und hob ein Paar Schuhe in die Höhe. Es waren schlichte braune Stiefel, die so klein waren, dass sie einem Kind oder einer sehr zierlichen Frau gepasst hätten.

»Brauchen Sie Schuhe?« Er deutete auf die Stiefel. Einer seiner Fingernägel war schwarz.

»Nein«, sagte ich schnell und machte noch einen Schritt zurück.

Er sah sich um, dann kam er näher an mich heran. Er senkte die Stimme. »Zu klein?«, fragte er und zwinkerte. »Ich hab noch mehr.«

Er fasste mich leicht am Arm und bedeutete mir mitzukommen.

»Nein, danke«, sagte ich noch einmal. Ich konnte die Augen nicht von den Schuhen abwenden. An den Sohlen klebte Schmutz, so als hätte sie vor Kurzem noch jemand getragen.

Der Junge lachte leise, als er meinen Blick bemerkte. »Ist nicht schlimm«, sagte er und schaute sich nach allen Seiten um. Dann legte er die Hand neben den Mund und flüsterte so leise, dass ich Mühe hatte, ihn zu verstehen. »Nicht schlimm, Tote brauchen keine Schuhe mehr.«

***

Zwischen den Briefseiten lag ein Foto. Es fiel zu Boden, als ich die Blätter aus dem Umschlag zog. Auf seiner Rückseite stand ein Datum im Oktober.

Ich hob das Bild auf und drehte es um. Misch stand in einem Garten neben einem kleinen Holzhäuschen, vor dem Goldsturm blühte, herrlich und groß. Mein Blick blieb lange an dem Goldsturm hängen. Ich fragte mich, in wessen Garten er wuchs. Dann erst wagte ich es, die Gestalt vor dem Häuschen genauer zu betrachten. Misch lächelte nur leicht, er sah verlegen aus und hielt die Hände hinter dem Rücken. Ich versuchte, sein Gesicht zu entziffern, aber ähnlich wie die Briefzeilen schien es etwas verbergen zu wollen. Ich fuhr mit dem Finger die Linie seiner Schultern entlang, die viel schmaler wirkten, als ich sie in Erinnerung hatte. Den Brief, in dem nur Belanglosigkeiten standen, faltete ich, dann legte ich ihn in die Schublade meines Nachtkästchens.

Das Foto nahm ich mit in die Wohnküche. Meine Eltern

hielten es sich nah vor die Augen, als würden auch sie nach etwas suchen. Die Züge meiner Mutter wurden weich, wie sie es sonst nie geworden waren, wenn sie Misch sah.

»Er schaut zufrieden aus«, sagte sie, und ich fragte mich, woran sie das sehen konnte. Als Hans das Foto nahm, fürchtete ich mich einen Moment lang vor seiner Reaktion. Doch er verzog keine Miene, während er das Bild betrachtete. Nach einer Weile legte er es zurück auf den Tisch und ließ den Blick darauf ruhen.

»Dass der Goldsturm in Deutschland noch so blüht im Oktober«, sagte er und rückte ein wenig vom Tisch weg. »Ich dachte, es wird dort viel früher Herbst.«

Ioana erwartete mich vor dem Tor. Es war eigentlich zu kalt, um den Platz in der Wohnküche zu verlassen, aber dort wurden die Gedanken so dicht und laut, wir hielten es beide nicht mehr aus. Ioanas Gesicht war zur Hälfte von ihrem Schal verdeckt, nur ihre Augen konnte ich erahnen. Im Winterlicht waren sie heller als sonst. Ihr Blick wurde dadurch nicht leichter, sondern es sah so aus, als läge er wie ein schwerer Stein in klarem Wasser.

Schweigend gingen wir die zugefrorene Straße entlang. Ioana war schneller als ich, weshalb ich ihr immer ein Stück hinterher war. Sie nahm die Straße, die aus dem Dorf hinausführte. Die, an deren Ende Misch gewohnt hatte und die in den Feldweg mündete. Es fing in feinen, leichten Flocken zu schneien an. Ioanas Schritte wurden langsamer, und sie hakte sich bei mir unter.

»Ihr drei«, sagte sie und schaute auf das Haus am Ende des Dorfes, wo immer ein Bett gemacht und ein Fahrrad im Hof unter Schnee begraben war. Sie schüttelte den Kopf, und ich meinte zu bemerken, dass sie unter ihrem Schal lächelte. Sie war mir ein Rätsel. Was sie wusste, was sie ahnte, was sie nur vorgab zu wissen, um ein Geheimnis zu erfahren, hatte ich nie unterscheiden können, und jetzt würde ich es auch nicht mehr begreifen. Bald war sie zu weit fort.

»Wann seht ihr den Misch wieder?«

»Ich weiß noch nicht«, sagte ich und spürte, dass sie mich ansah.

»Freunde sind wichtig«, sagte sie. »Vor allem, wenn man irgendwo fremd ist. Alles andere spielt da keine so große Rolle.«

»Ja. Aber vielleicht sind wir keine Freunde mehr.«

Ioana hob die Augen zum Himmel und machte eine Handbewegung, als würde sie etwas achtlos ins Feld werfen. »Wenn man jung ist«, seufzte sie, »ist alles immer so wichtig.«

»Was meinst du?«

»Ich meine«, sie blieb stehen und schaute auf Mischs Haus, »ich meine, dass das, was euch drei passiert ist, viel weniger wichtig ist, als ihr jetzt denkt. In zehn Jahren lacht ihr darüber.«

Ich betrachtete ihr Profil, schaute auf ihre zusammengekniffenen Augen und die Schneeflocken, die sich in den Wollfasern ihrer Mütze verfingen. Ich hoffte, dass sie recht hatte.

»Eigentlich wollte ich auf den Friedhof.«

»Ja, geh nur. Ich hab genug von den Toten. Und wenn ihr weg seid, muss ich deine Oma noch oft genug besuchen.«

Sie lachte, und ich umarmte sie. Ich drückte sie fest an mich und spürte ihre Überraschung. Sie hob die Arme und schob mich weg.

»Was ist?«, rief sie. »Sehen wir uns nicht mehr?«

»Doch.« Ich lächelte verlegen. »Doch, wir sehen uns noch einmal.«

Das Friedhofstor ließ sich nur mühsam öffnen. Der Schnee, der in den letzten Tagen gefallen war, hielt sich hier draußen hartnäckiger. Die Kreuze waren bis zur Hälfte eingeschneit, auf ihren Spitzen bildeten die frischen Flocken bereits kleine Erhebungen. Ich stapfte zum Grab meiner Großmutter.

Ihr Name war nicht mehr zu lesen, so hoch lag der Schnee. Mittlerweile hing ein Bild von ihr oben am Kreuz, in einen Rahmen eingefasst. Ein Bild, auf dem sie ernster aussah, als sie es je gewesen war.

Sie hätte den Kopf über mich geschüttelt, wenn sie gesehen hätte, wie ich in die Knie ging und versuchte, das Kreuz vom Schnee zu befreien. Wie ich begann, schneller zu atmen und in dem dicken Mantel zu schwitzen, wie ich gleichzeitig fröstelte, wie meine Nase lief und sich meine Hose, Handschuhe und Ärmel allmählich mit eiskalter Nässe füllten. Meine Großmutter war eine Frau gewesen, die an schönen Tagen das Gesicht in die Sonne hielt und sich die Finger leckte, wenn sie Brot gegessen hatte. Ich konnte mir nicht vorstellen, dass sie auch nur einen einzigen Gedanken daran verschwendet hätte, wie ihr Grab im Winter aussah.

Nachdem ich das Kreuz endlich freigelegt hatte, bearbeitete ich mit tauben Fingern die Kerben der gemeißelten Buchstaben, bis der Name meiner Großmutter wieder lesbar war. Ich hatte ihren Namen nicht gewusst, bis ich zehn Jahre alt gewesen war. Selbst jetzt brauchte ich manchmal eine Weile, um ihn mir ins Gedächtnis zu rufen. Ich fuhr die Buchstaben entlang, einen nach dem anderen, und schaute auf das Bild, auf ihr fast rundes Gesicht mit dem kleinen, fein geschwungenen Mund und den kohlschwarzen Augen. Meine Finger waren so kalt, dass jede Berührung schmerzte.

»Wir lassen dich allein«, sagte ich zu dem Bild. »Bist du böse mit uns?«

Ich ließ die Hand sinken und ging einen Schritt zurück. Ich klopfte mir den Schnee von den Beinen und Ärmeln und steckte die Fäuste in die Manteltaschen. Diese elenden Selbstgespräche am Friedhof. Meine Großmutter hätte mich ausgelacht.

***

In den ersten Wochen des neuen Jahres kamen Fremde in unser Dorf. Ratlos blieben sie vor den verriegelten Häusern stehen und sahen sich um wie Verbrecher, wenn sie die Nägel aus den Holzbrettern vor den Fenstern und Toren zogen.

Ich trug gerade einen Kanister Wasser vom Brunnen nach Hause, als ich vor einem der verlassenen Häuser eine Gruppe Leute sah, die Kisten aus einem Auto luden. Eine Nachbarin beobachtete das Geschehen von der anderen Straßenseite aus.

»Walachen«, sagte sie, als ich an ihr vorbeiging. Sie hob den Finger, der aus dem Loch in ihrem Handschuh lugte, und zeigte auf das Auto.

»Walachen sind das«, sagte sie noch einmal lauter und schaute mich an. Ihr Gesicht war rissig, und ihr zahnloser Mund verzog sich zu einem triumphierenden Lächeln, so als hätte sie in mir eine Verbündete gefunden. Ich wandte den Blick ab, ging schnell um die Ecke. Der Kanister war schwer, meine Arme verkrampften vor Anstrengung.

Ich war schon fast beim Haus angelangt, als ich Hans weiter vorne in der Straße bemerkte. Er hatte die Schultern bis zu den Ohren hochgezogen und trat von einem Fuß auf den anderen. Als er mich entdeckte, lief er mit raschen Schritten auf mich zu.

Kurz bevor er mich erreichte, blieb er stehen. Ich konnte sehen, dass er geweint hatte, stellte den Kanister ab, ging zu ihm und fasste ihn bei den Schultern.

»Was ist mit dir?«, fragte ich.

Er schluchzte und hielt sich die Hand vor den Mund. Immer wieder nahm er sie weg, hob an, etwas zu sagen, doch das Weinen ließ es nicht zu.

Minutenlang ging das so, bis er keine Kraft mehr zu haben schien. Er atmete mühsam ein und aus und rieb sich über die Augen. Er starrte auf einen Punkt im schmutzigen Schnee.

»Ich schäm mich so«, sagte er. Er wiederholte die Worte ein paar Mal flüsternd, dann schloss er fest die Augen, öffnete sie wieder und sagte: »Ich hab gar nicht gekämpft.«

Ich schaute auf seine Hand, die am Morgen frisch verbunden worden war. Als er meinen Blick bemerkte, wurde sein Gesicht bleich und verlor jeden Ausdruck. Dann fing er an zu erzählen. Langsam und ohne zu stocken, so als würde er die Worte aus einem Buch ablesen.

Er erzählte mir, wie er zu den Demonstranten gestoßen war, wie er mit ihnen bis ins Zentrum lief. Dort trafen sie auf die Soldaten, die Schlagstöcke und Tränengas hatten. Um Hans herum begannen die Leute, sich mit Steinen und Flaschen zu bewaffnen. Als Hans einen Schuss hörte, rannte er. Er erzählte mir, wie er gerannt war. Dass er sich nicht umgeschaut hatte und dieses Gefühl aus Albträumen hatte, wenn man glaubt, keinen Meter vorwärtszukommen. Er versteckte sich unter der Kellertreppe eines Hauses. Die ganze Nacht kauerte er in der feuchten Dunkelheit und lauschte bis in den frühen Morgen hinein auf die Schüsse. Er wagte sich erst nach draußen, als es eine Zeit lang ruhig geblieben war.

Hans sah die verbundene Hand an wie etwas, das nicht zu ihm gehörte. »Die Leute waren verzweifelt«, sagte er. »Sie haben sich mit allem Möglichen gewehrt.«

Nachdem er sich aus dem Haus getraut hatte, war ihm in der Gasse ein Mann entgegengekommen. Er sah abgekämpft und verwirrt aus. Hans hatte beschwichtigend die Hände gehoben, der Mann hingegen hob ein Messer, ein großes, wie man es zum Zerlegen von Fleisch verwendete.

»Er war auf einmal so wütend.« Hans schloss die Augen. »Er war so wütend, und ich wusste gar nicht warum. So ist es passiert. Ich hab gedacht, er bringt mich um. Aber er ist weggelaufen.«

Die restliche Zeit hatte Hans im Krankenhaus verbracht, hatte Krankenschwestern gesehen, die sich die blutigen Hände an den Kitteln abwischten, und Ärzte, die vor Überforderung anfingen zu weinen.

»Weißt du was?« Hans lachte plötzlich leise. »Weißt du, was ich die ganze Zeit gedacht hab, als ich im Krankenhaus lag? Ich hab mir gedacht, er wusste, dass ich nicht gekämpft hab. Dass ich weggerannt bin wie ein Feigling und dass er deswegen so wütend war.«

Ich suchte seinen Blick, aber er schaffte es nicht, mich anzusehen. Ich hätte ihm tausendmal sagen können, dass er sich nicht zu schämen brauchte, es hätte doch nichts geändert.

Als ich die Arme um ihn schlang, fuhr Hans heftig zusammen. Ich legte die Wange an seine Brust und spürte sein Herz unter dem Mantel rasen. Er ließ den Kopf auf meinen sinken und weinte.

In der Straße war es ruhig. Bis auf Hans' Weinen. Doch selbst das war leise. So leise, wie die Dinge im Winter eben sind.

***

Es war das letzte Mal, dass ich mit dem Zug von der Stadt zurück ins Dorf fuhr. Der Tag war eiskalt und klar. Das flache Land strahlte so sehr in der Sonne, dass mir die Augen davon tränten.

Ich war in der Stadt gewesen, um mir die Papiere für die Ausreise abzuholen. In meiner Tasche steckten zwei Blatt Papier, mein bisheriges Leben: Geburt, Schule, Arbeit. Unterschrift, Stempel, Ende. Ich hatte das zweite Blatt umgedreht, in der Annahme, dass dort noch etwas stehen müsste. Doch es war weiß und leer wie der Himmel, der sich heute Vormittag über den Feldern spannte.

Es war nicht still im Zug, das war es nie gewesen. Mir gegenüber saß eine Frau mit verwittertem Gesicht und aschschwarzem Haar und redete unermüdlich mit einer Gans, die in einem Korb auf ihrem Schoß hockte. Die Alte nuschelte, aber ich verstand genug, um zu hören, dass sie die

Gans beruhigte, die noch am selben Tag geschlachtet werden würde. Die Gans hatte den Kopf schiefgelegt und schien so aufmerksam, als verstünde sie jedes Wort.

Weiter hinten im Zug schrie ein Säugling, und zwei Jungen saßen im Gang auf dem Boden und spielten ein Würfelspiel. Ich lauschte auf das klackernde Geräusch, die Stimme der Alten und das weinende Kind, damit ich meine Gedanken nicht mehr hörte. Damit ich mir nicht mehr selbst dabei zuhören musste, wie ich mir immer dasselbe erzählte.

Heute hatte ich noch ein Heim und bald schon keines mehr. Und vielleicht würde ich lange keines haben. Nur eines im Kopf, mit dem etwas nicht stimmte, weil die Erinnerung daran baute und anderes wieder abriss, bis man sich mit nichts mehr sicher sein konnte. Wie fiel morgens das Licht ins Zimmer? Wie hörte es sich an, wenn der Vater im Hof das Holz spaltete? Wie beißend roch der Ofen, wenn das erste Feuer darin brannte? Wie sah man aus in dem blinden Spiegel, war man noch jung und weniger müde? Vielleicht sah man glücklicher aus. Vielleicht kam man die Stiege herunter, und alle wirkten ruhiger und zufriedener, nur aus dem einfachen Grund, weil sie an Ort und Stelle waren, mit den jahrelang eingeübten Handgriffen und Gesichtern. Dem Morgengesicht, dem Gramgesicht, dem Sommergesicht und dem Gesicht, wenn man das Essen auf den Tisch stellte. Ich wusste nicht, wie unsere Gesichter auf Reisen aussahen, wir waren nie gemeinsam gereist. Ich hatte Angst, wir würden nicht nur den Ort wechseln, sondern auch uns selbst. Wir würden anders werden und ein Fremdsein annehmen, das alle unsere bisherigen Gesichter zum Verschwinden brachte.

In der Ferne sah ich schon den Bahnhof. Die Gans schnatterte, als würde sie ihre Besitzerin daran erinnern, dass sie aussteigen mussten. Die wischte sich mit einem Taschentuch über die Augen und schnaufte schwer.

Der Zug fuhr in den Bahnhof ein, die Leute zogen die klapprigen Türen auf. Ich stieg aus, schloss den obersten Knopf meines Mantels und ging um das Bahnhofshäuschen herum zur Straße. Das Dorf sah aus wie mit einem spitzen Bleistift gezeichnet. Scharfe Linien vor dem Winterhimmel, und selbst der Rauch, der aus den Schornsteinen stieg, schien Konturen zu haben. Ich hätte das Dorf lieber anders gesehen, lieber weich und blass wie im Sommer, überzogen vom Staub in der Luft, die der Regen lange nicht reingewaschen hat. Aber davon, wie das Ende ist, ahnt man nichts. Man ahnt nicht, dass kein Frühling mehr kommt, und nichts von einem letzten Sommer.

Ich schaute mich genau um. Ich schaute mir die Häuser an mit den kahlen Bäumen davor, das erfrorene Gras, ich schaute mir den Mann auf dem Pferdewagen an, dessen Gesicht in einen dicken Schal gewickelt war. Ich schaute mir die Kirche an, den kleinen Laden, den leeren Biergarten und den Dorfplatz, und überall stand eine Erinnerung wie ein Gespenst.

Nur vor dem letzten Haus, zu dem ich ging und das heute noch ein Heim war und morgen keines mehr, stand kein Gespenst. Dort stand Hans. Er sah die Straße hinunter und wartete darauf, dass ich nach Hause kam.

Dank

Der innigste Dank gilt meinem Vater, der seine Erinnerungen mit mir geteilt hat. Und meiner Mutter für ihre Liebe zu dieser Geschichte.

Danke, Gela, für den unermüdlichen Zuspruch, deinen Rat und die Küchen-Schreibstunden. Und für deine Freundschaft.

Herzlichen Dank an die Stipendiat*innen der Bayerischen Akademie des Schreibens und an Günther Eisenhuber für seine Arbeit und das große Verständnis für diese Geschichte.

Für einen Roman braucht man Geduld, auch wenn man ihn selbst nicht schreibt. Geduld hattest du, lieber Christof, immer. Tausend Dank dafür.

BIRGIT BIRNBACHER
Wir ohne Wal

Roman, 978-3-99027-089-9

»Sachlich und poetisch zugleich, hart und weich, realistisch, doch auch ins Irreale gleitend – ein schöner Roman über junge Menschen in erstaunlich sicherer Sprache.«
Jury für den Jürgen-Ponto-Preis

ELIAS HIRSCHL
Hundert schwarze Nähmaschinen

Roman, 978-3-99027-097-4

»Wenn es stimmt, das Spinner gute Erzähler sind, dann ist Elias Hirschl ein ziemlicher Spinner.«
Peter Pisa, *Kurier*

DAGMAR LEUPOLD
Die Witwen

Abenteuerroman, 978-3-99027-088-2

»Ein erfahrungsgesättigtes, lebenskluges Buch, das von unterdrückten Wünschen, verpassten Möglichkeiten und dem Aufflackern einer Glut von Lebenslust erzählt. Und, um das deutlich zu sagen, ganz gewiss kein Frauenbuch. Der Zauber eines Aufbruchs ins Ungewisse kann schließlich jeden treffen.«
Christoph Schröder, *Deutschlandfunk*

ANGELIKA REITZER
Obwohl es kalt ist draußen

Roman, 978-3-99027-215-2

»Reitzers Prosa ist so unaufgeregt, wie es nur das wirklich Authentische sein kann.«
Karin Janker, *Falter*

OLGA FLOR
Klartraum

Roman, 978-3-99027-096-7

»Von Olga Flor stammen einige der wichtigsten Bücher nicht nur der österreichischen, sondern der deutschsprachigen Gegenwartsliteratur.«

Daniela Strigl

MONIKA HELFER
Schau mich an, wenn ich mit dir rede

Roman, 978-3-99027-094-3

»Helfer, die mit wenigen Strichen komplexe Charaktere und eindrückliche Miniaturen pinselt, macht gleichsam die kleinen Rädchen des Erzählens spürbar.«

Wolfgang Paterno, *Profil*